瓦缝里

掉下的诗

程文刚 著

长江出版传媒

湖北人民出版社

图书在版编目（CIP）数据

瓦缝里掉下的诗 / 程文刚著 . — 武汉：湖北人民出版社，2023.6
ISBN 978-7-216-10647-4

Ⅰ . ①瓦… Ⅱ . ①程… Ⅲ . ①诗集－中国－当代Ⅳ . ① I227

中国国家版本馆 CIP 数据核字（2023）第 072803 号

选题策划：耿天维
责任编辑：杨晓方
内文插画：潘直亮
封面设计：闰江文化
责任校对：范承勇
责任印制：肖迎军

出版发行: 湖北人民出版社　　　　　　　地址: 武汉市雄楚大道268号
印刷: 湖北大合印务有限公司　　　　　　邮编: 430070
开本: 880毫米 × 1230毫米　1/16　　　印张: 10.125
字数: 218千字　　　　　　　　　　　　插页: 2
版次: 2023年6月第1版　　　　　　　　印次: 2023年6月第1次印刷
书号: ISBN 978-7-216-10647-4　　　　　定价: 68.00元

本社网址: http://www.hbpp.com.cn
本社旗舰店: http://hbrmcbs.tmall.com
读者服务部电话: 027-87679656
投诉举报电话: 027-87679757
（图书如出现印装质量问题，由本社负责调换 ）

目　录

◈◈◈ 第二辑　游牧时光 ◈◈◈

第三辑　爱到永远

第五辑　春江放歌

❀❀ 后记 ❀❀

序 一
捧着溪水走向月光的背影

管 淳

寻访义祠莲花溪，让我与程文刚先生结缘。

义祠村，今天湖北省孝感市孝南区祝站镇一个普通的村庄，但也是一个有渊源、有深根的古老村庄。据《莲花系程氏宗谱》记载，元末明初为避战乱，创建了"程朱理学"的宋代大儒程颢、程颐后裔中的一支，自河南伊川播迁卜居于孝感野猪湖东岸之芦林冲。从此，一众程姓子民，就以这里为新起点，演绎着乡村的传奇故事。

想当年，这里应是大湖之滨芦蒿萋萋的一片荒芜之地。好在，这里有自东向西的两道山梁伸向湖边。山梁间，一湾曲水贯通湿地芳甸和野猪湖。择其山梁向阳坡而居，后有山岗、前有曲水湖汊，迁居于此的程氏宗亲们，勘村东一片低丘岗岭中的莲花地水源，然后，引流入湖，硬是将曾经的芦林冲，改造成了良田桑菽、绿水舟楫的莲花溪。

血脉里，流淌着"二程文化"；区位上，可凭借野猪湖的深湖远水。于是，渔耕为生，诗书传家，旺盛了这里的农家烟火。秉持"非理勿视、非理勿听、非理勿言、非理勿动"的"理学四箴"，在此一方水土，程氏宗亲曾创造了"七代同堂、百口同饮"的家族建设奇迹。明万历年间，经层层推荐审核，朝廷颁授这里的程姓村

I

庄为义祠村。

建程氏宗祠，传义祠风尚，公摊民助兴学于此。文化，在这里落地生根又开枝散叶。由此而旺之，历明清两朝，这里先后有三十九人考取举人，走出了十四名进士。诗文葳蕤的野猪湖东岸，曾留下"一门十进士、八里两尚书"的美谈。出生于此并官至工部右侍郎的清初画家程正揆，曾泼墨绘就《江山卧游图》的辉煌长卷，也将自己的别号命名为"清溪道人"，又将其二十八卷本诗文命名为《清溪遗稿》。

这样的乡村背景，氤氲了莲花溪的文化底蕴。湖岸边的义祠学堂，书香延绵，成为童稚启蒙教育的灯塔。耳濡目染、口口相传中，自幼聪慧的程文刚，对"二程文化"、对进士及第和尚书门户、对画家程正揆，开始有了一点点模糊的印象。

从这里出发，程文刚少年之时就表现出对读书的浓厚兴趣。随着时间的推移，义祠中温暖的小学校园里，程文刚成为吹拉弹唱的活跃分子。课余，程文刚放牛于莲花溪。有一把力气了，他跟随父辈兄长们驾船出湖。捕鱼船队的集体劳作，让他领略了孝感古八景之一"北泾渔歌"的水长天阔。一番用心里，他曾踏访古八景的另一处胜地——野猪湖东岸的凤凰台。在这里，程家先祖的程颢、程颐伴月苦读，留下了书香满楼的"程台夜月"故事和景观，也让他加深了对"二程文化"的情感和记忆。

浩水养心，访古励志。义祠农家少年的程文刚，曾以被赏识的唱腔身段，应招于楚剧团。曲折坎坷，应招未果，却激情未了。他把对诗歌的热爱倾注笔端，一次又一次地投稿报刊。虽然退稿多之又多，却没有消磨他的进取与锐气。

然而,生活之路,抗不过命运的安排。一介青年时,程文刚参军入伍,来到了长城下塞北的军营。部队大熔炉的熏陶,锤炼了程文刚的意志,开阔了他的视野。于是,他如饥似渴地阅读雷抒雁、李瑛等人的诗歌,也试图涉猎《诗经》及汉乐府和唐诗宋词的园地。将所学付诸创作实践,程文刚常有诗歌作品见之于报刊,并有长篇叙事诗被驻地省广播电台配乐朗诵。"苔花如米小,也学牡丹开。"在他看来,这样的努力虽然只是"苔花绽放"般的收获,却一样展现着争春的激情、诗意的奔放。历经几年的军营生活后,他回到了家乡,成为一名公职人员。

经济建设的大潮,召唤着能人志士的勇敢投入。年富力强的程文刚,成为实体经济中的建设者。虽然个人事业屡有建树,但他对于诗歌的梦想,珍重地被放在了箱底。没想到这一放,就是好多好多年。

《诗经》,中国最早的一部诗歌总集,相传经孔夫子筛选校订而成。于是,记载孔夫子言行的《论语》里,就有他对于《诗》的许多开创性立论。其中,孔夫子说:"《诗》,可以兴,可以观,可以群,可以怨。迩之事父,远之事君。多识于鸟兽草木之名。"以孔夫子之论观之,学诗或吟咏诗歌,真可谓好处多多。由此亦知,当一个人的思想深处受到诗歌的浸染和陶冶,便会产生"腹有诗书气自华"的芬芳,甚至徜徉于诗的国度,从而会产生珍之爱之宝之的超然自觉。要不然,唐诗宋词里那么多的作者,为何与诗词相伴,且视诗词为生命?

程文刚先生诗歌创作的动因,没有这么复杂和高深。简而言之,他只是出于对诗歌的热爱,却无意于成为一名诗人。当然,这种爱,落泥于家乡文化的浸润,并由此萌生了对诗歌的"初恋"。事实上,清纯的"初恋",经得起时间的等待。

同时,在走过了许多路、经手过许多事之后,程文刚先生真切地认识到文化在事业建设发展中的重要。为此,多年来,他是"二程文化"热心的追踪者和传播者。需要分清的是,"二程文化"与他的诗歌创作,没有直接的关联。只是,对文化的仰慕,旁生出他对"初恋"的唤醒。于是,晚年闲暇,回首来路,便有了诗歌创作的回归。

诗集分为楚澴风物、游牧时光、爱到永远、偶见故居、春江放歌五辑,收录了程文刚先生2020年以来创作的诗歌作品。这些诗作饱含深情、倾心歌唱,是一位诗作者出于心、缘于情的心灵表白,也是一位"过来人"的人生感悟。

澴河,孝感城的母亲河。细读诗歌《澴河之恋》里的那些句子,无尽情思涌上心头:"水花会说轻柔的乡情,南门将寄深情的问候。文昌阁从远处匆匆赶来,丹青素容却文理兼收。……澴河有流不尽的水,你可以寄情。南城有写不完的纸,你可以叙旧。"书写乡情,是这部诗集的底色和旨趣。如此悠悠乡情,可以宏阔到《湖中的浪花》中的烟波浩渺,也可以细微到《面窝和米酒》里的人间烟火;可以深远到《程台夜月》中的思古幽情,也可以展现为《偶见故居》长卷里的缤纷色彩。

谁不说俺家乡好?一句简简单单的歌词,道出了无数人的心声。程文刚先生也不例外,只是,他把对乡土乡情的挚恋,以歌咏者赤诚的心迹,自然流露成诗的语言。

浓郁的乡情,源自于诚挚的爱。因爱而生,目之所及的美好事物,便流淌着暖心的温情。《奶奶的蒲扇》是一首三节共八行的小诗。短短的诗行,充满着童年的温馨。其比兴手法的巧妙运用,让蒲扇送来的清凉,伴随着满天繁星似的童话;被滋养的心志,也像蒲公英的种子,展开了飞翔的翅膀。这诗歌虽短小,却饱含着奶奶对"我"的呵护、教诲和垂爱,也饱含着"我"对奶奶的怀念、尊敬和感恩。

原来,挚爱的表达,可以如此真切而浓烈。一部《瓦缝里掉下的诗》,发散着挚爱的情感和温度。在这里,有家人爱、战友爱,也有亲朋爱、事业爱、家园爱。爱,是具体的;爱,也是深沉而广博的。"老吾老以及人之老,幼吾幼以及人之幼。"从社会大背景中具体的人和事出发,能保持爱心常驻,定然是深层的家国情怀的支撑。

我很喜欢《牛殇》,因为我也有相同的经历。但我从中受益,并试图悟出其中的道理,却是读了这首诗之后的事。

《牛殇》中的情景,是一个"糙子伢"第一次用一头老牛犁田,结果"首度合作,犁耙折断在地上"。本来,此情此景中的人与牛,同为耕者,而且,犁田真正的行家内手,是这头老牛。合作的惨败,引发误会、怨恨、冲动与冷静、隐忍、明智的情感交锋。诗中写道:事后,"我也流泪,逃离了满身泥泞的现场。带着心中永恒的疼痛,多少回梦中醒来,都是天地间的孺子形象"。几十年后,触碰到这事的记忆,仍历历在目。为此,作者发出内心的呼喊:"下一站,恳请你,用鞭子狠狠抽打在我心上……"其中的换位思考、悲悯情怀、思想彻悟,一一溢于言表。

我认为,这是通透。而通透,是一种难能可贵的境界。从平凡的小事中悟出深刻的道理,难的是升华的质变。好在这诗集里,有水到渠成的呈现。从《幺婆婆的栀子花》里,悟出酿制生活芬芳的哲理,是通透;从《老房子印象》里,悟出"把梦和盼吹到春暖花开的远方",是通透;从《蚁之恋》里,悟出蚂蚁的心高气傲,也是通透。我深知,人的一生要活个明白,不容易。

　　我与程文刚先生交往多年。偶尔相聚的时日里,喝茶、吃酒,却极少谈及诗文。当他将一摞诗稿交给我,且嘱我作序,我愕然惶恐。我是一名文字工作者,大半辈子在那里"捉虫",对诗词满心敬畏却自惭羞涩。我把这部诗集认真地读了远不只一遍。我只是觉得,这诗集,很重很重。

作者系作家、文化名家、著名报刊编辑

序 二
故乡的故香
——《瓦缝里掉下的诗》地域诗赏析

章凌霄

启蒙话语曾说,地域性要像城中村一样被拆除、改造,将文化作了优质与次等的二元对立。作家创作风格与地域关系,一直是学术圈的热门话题,如京派、海派、山药蛋派、荷花淀派,都体现了作家们精神世界和人文地理的交融。

诗歌当然也是这样。"一切文学都是从诗开始的!"博尔赫斯这样说是有"真理性"的。程文刚先生就是一个坚定和坚实的地域诗歌写作者! 在莲花溪,他开辟了个人写作的新领地,为山水文化底蕴赋能,让逐渐式微的地域写作焕发生机,成为诗歌多元化发展的一道亮丽风景。

从记事起,程文刚先生对生养他的莲花溪情有独钟,玄深密布,优诗美地的念闪一直刻在脑海。同时,多重深化和情感外化,为他日后提供了创作模型和深层资源。他浓重的故乡情结、一泻千里的才华和别开生面的创造力被唤醒,写下长诗《莲花溪》:

环绕莲花地的小河,世人叫它莲花溪。一个禅意十足的名字,系着"二程"夫子的"理"。将《爱莲说》的莲子播撒。……莲花并着莲花,荷衣连着荷衣。侍郎的莲花溪,尚书的莲花溪,翰林的莲花溪,赶到湖里江里海里。

这首诗以史诗笔法,取势蜿蜒、衔接松散,从壮阔的场景与感思迭变的视角,衍生出发展的螺旋线,以叙理、叙事、叙情相结合的混叙方式,诗性横溢,给文化地理视界中的精神轨迹增添了宽度。

出生在"江汉明珠"和"鱼米之乡",丰富的物产、本土意象是程文刚先生的创作之根,地方风光物色、风情文化,自由、宽阔的诗质活灵活现。就像《乡味(一)》所写:"乡味,在游子心里面。香味,在山花烂漫间。"如《幺婆婆的栀子花》:"幺婆婆走了,栀子花飘落了。那满地的惆怅,白了,云朵在天空开出六瓣来……"。自然意象在诗人现代目光的审视中,透出道德伦理的色彩,让风景成为内面。

综观《瓦缝里掉下的诗》中收录的诗,其地域特征、文化元素、气候氛围、气味痕迹大量充斥,构成抒情语境,成为反思和内心的表意符号。同时,写诗是寻找人生心灵的踪迹和共鸣。它高于生活,让心灵赏析充满张力。其中,很多诗和真正的水地理关联度密接,如身临现场,开拓出了空阔水意境。这样写熟悉的生活、身边的事,更便于作者即时性观察和思考。

如《牵挂》这样写道:"水只要以故乡之名,就能将诗人的笔墨发胀。而诗人的笔墨,又温润了我的眸子。左眼是一汪浅浅的湖水,右眼也是一汪浅浅的湖水。当明月越升越高,越离越远,你却越陷越深,牵不住、挂不上……"该诗以精巧构思,深掘水系与人生情怀之间的隐秘关系,阐释了水因势利导、顺天应时的智性结构与人文历史的张力关系,让人获得教益。

不同的地域、历史和语言,有着不同的山势、水文、表情和心理。不同的词句和语法,造就了千差万别的地域色彩。这就是地域文化差异,也是写作语言的个性差异。程文刚先生的写作擅以本土方言入诗,以语言的爽利呼唤个性,激活当今诗文的内在理路,给诗坛注入了一种空气。

如《孝感风俗画》:"喝着汉水,叫母亲为姆妈。吃着糯米,喊姥姥为家家。";如《热》:"武汉人姓热,孝感人姓火。长江的泳军像下饺子,汉江的耕夫晒着脑壳。"这些诗语义背后的野趣,笔触直奔最熟悉的领地,笔尖清醒和清晰,触发诗歌艺术柳暗花明。

程文刚的诗个性丰富,千姿百态,形成自己的特殊记号。以《树叶飞翔》为例:"秋天的那一枚落叶,是诗人摘下来,安放在心上的思绪。而我却梦盼着,从树枝上跳下来,飞翔在晨光和夕照里。"该诗中有巫气、蛮性、韧性;诗歌语言平实、自然、锐爽,像春风扑面,并把词语一粒粒摁在纸上——这是真正的写诗状态。

又如《锤炼》:"世界就是个铁匠铺,月亮抡着小锤,塑造着器件的仪态。太阳抡着大锤,创造着器件的体魄。地球上有让人刻骨铭心的形象,山里人就在其中。"再如《两只旧蝴蝶》:"当我拉开另一扇柜门,一对古蝶飞了出来。雌的来自半坡遗址,雄的来自大汶口。都是仿品,仍在我老花眼前翩翩起舞,指引我走向真真切切的夕阳。"这类诗歌意向纷呈庞大,有散射也有聚焦,并且语词在狂欢之中抬升张力、扩充容量。

程文刚先生文名很早,他的诗歌《星星和白云之歌》1979年被河北人民广播电台播出;小说《晒太阳》获首届"澴水潮"征文比赛一等奖……但在我们所居的小城,没有几个人知道程文刚先生写诗。我们甫一见面,灵魂就认出了灵魂,迅速同频共振、同趣相吸,开始了量子纠缠。对他作品的喜爱不只是欣赏、喜欢的过程,更多带有人品认同、语感认同、血质相近、性格匹配等文学以外的流动。

任何事物都存在二元对立的悖论，这是普世哲理。没有多元文化经典兼容并蓄，就没有文化创新。因此，我们要寻找地域诗歌最佳的存在方式。如《府河岸的水杉》："它们挺起脊梁的时候，云变低了，河水便矮了一截。"这样也不错；如《城郊复兴号》："……以江山的名义命名，下一班的乘客，应该有去往乡下的新农人。"只有这几句更有嚼头……

诗是灵魂的轻舞！诗歌事业是漫长的，寂寞的，一生的。程文刚先生过尽千帆，且没有沉甸甸的名利拖挂，相信他定能在未来岁月舞动奇迹，舞出精彩，舞向更深远！

就像《残荷》那样，从容向晚，奏一曲无弦静音……

作者系作家、诗人、文学编辑

第一辑
楚澧风物

将《爱莲说》的莲子播撒，
才有这进士的摇篮——
青溪道人故里。

孝感风俗画

喝着汉水，
叫母亲为姆妈。
吃着糯米，
喊姥姥为家家。

翻晒千年的湿地，
用犁。
平息生活的坎坷，
用耙。
唱着楚剧，
演绎着《天仙配》的传说。
纸剪红福，
瓦罐煨汤味最佳。

捧着《楚辞》，
把端午节划成小和大，
你相信屈原还活着。
初五丢粽子，
十五团圆日，
把龙舟划到际涯。

孝感人，

也相信生活是一团麻。
不同的是，
把麻熬成了糖。
蘸着姆妈的乳汁，
成就了麻糖——
宋代的贡品佳话。

家乡人，
更知道酒是一首歌。
白兆山的白果仁，
白沙河的荞麦芽，
还有地道的太子稻花，
放在岁月的长河中捂，
拿到先民们的心上搓，
便有世纪佳酿入画。

让孝感米酒三百杯，
诱谪仙太白卖裘马。
又是一次除旧岁，
捧起一些古城夜话。

把汤圆下进锅里，
煮沸了新年的序曲。
醉看窗外绚丽的烟火，
无法安顿的眸色迷离，
就让它风物长宜，
投影云霞……

孝感街道

送走了，
破烂低矮的危房，
留下中心公园的念想。
拉直了，
狭窄弯曲的街道，
拉不走心中九街十八巷。

白昼，
车水人潮、塔影争锋。
夜晚，
霓虹繁星、户户屏光。

是云简的长卷哟，
涢水的长廊，
浪漫的爱情故事醉了丹阳，
董永、天仙、槐荫……

都聚集着复兴的梦想，
文化中心的几个秤砣，
把城市的街道衡量。

文昌阁到西湖桥，
同一条澴河，
相距仅仅几个树影。

叶家庙到马口窑，
只有几步沧桑。
环城的河水有多少层浪，
绕城的风景就有多长。

大道的间距宽过城南旧事，
小道的间距窄过诗信邮箱，
小巷的间距量出一米阳光。

量不穿的厚土，
量不尽延伸。
看不尽的眼福啊，
忆不满惆怅。

提一壶孝感老酒，
摇摇晃晃。
仿佛来自悠悠汉唐，
何妨醉在街上。

澴河之恋

假如你要告别澴河，
最好不要在生雾的早晨。

三元井的井水，
会打湿你的睫毛。
麻糖店的糯米，
会粘连你的记忆。

把神醉的样子，
印在西湖桥。
害怕你走错了，
城隍潭码头。

假如你要惜别澴河，
最好不要撑一叶轻舟。

水花会说轻柔的乡情，
南门将寄深情的问候。
文昌阁从远处匆匆赶来，
丹青素容却文理兼收。

将你的梦落在澴河盛都，
将你的漂泊滞留在渡口。

担心你甩不掉流水的缠绵，
把一地乡思铺成两岸锦绣。

澴河有流不尽的水，
你可以寄情。
南城有写不完的纸，
你可以叙旧。

假如你要告别澴河，
请签约愿景，
写满归期……

坐看槐荫河

总那么低调，
竖着来、平着淌。
慢条斯理，
细浪轻搓。

寒来时，
你用热气呵融冻土。
暑已过，
你用清凉揽月入波。

涨水期，
野性的洪水横着来。
你用滚子坝一撇，
泾渭分明。

风起时，
堤岸上杨柳婆娑。
岸上的高楼，
在水面变矮；
身旁的芦草，
在眼中变绿。

深色调浅，
浅色变艳。
你接纳飘舞的叶子，
也映衬飞翔的云朵。

你说，
既然是河，
就得和。

和谐，
祥和。
生活中五味调和，
都是谐音，
留我坐梦如歌。

大悟人

把礼①，
给大悟。
行古典的祭拜，
把山峰的香蜡举过头顶。
一个站直了的"儒"字，
躬身于千年的崖壁，
留下心中的斑驳和朦胧。

先祖们虔诚地叩首，
五体投地。
一个写意的"禅"字，
在阿弥陀佛的梵语中，
湿漉漉地滑进小涧，
佛溪十八潭。

悟峰崇山峻岭中，
我手足兄弟跋涉苦行。
在澴河潶水的慈悲里，
渴望观音普度众生。

① 此处的"礼"指礼山，大悟县原名礼山县。

命到疼极处，
呐喊着物我脱胎互换。

当晨霞映红鄂豫皖，
杜鹃开遍大别山，
八百米横空的将军岩，
为至爱亲人亮剑。

把礼，
给大悟。
巍巍的烈士纪念碑前，
又一批新战士，
正举起右手，
声音激昂辽远。
一个温暖缤纷的梦，
一份沉甸甸的《宣言》。

孝感媒人

孝感话——媒，
读迷，
迷人。

牵手男女之爱的人，
因为有了槐荫树，
有了土地公公，
有了善良和孝道，
有了董永和七仙女，
媒人才成了迷人，
迷人又成了媒人，
人间才如此温暖，
星空才分外浪漫。

我在西湖桥等你

——穿越孝感市文化路地下商城有感

（一）

城站路，
古城核心纵轴，
让千百年的地下躁动，
有了可以交换阳光的商城。

文化路入口，
掘了千百年的沉井，
向历史诉说，
向沧桑叩问。
用阳光穿钻，
用雷电破层，
用北雪冻融，
问和答的对标缓缓靠近。

而岁月，
用顽皮的微笑，
用深情的眼神，
褶褶皱皱、反反复复，
拍打着崭新的城门。

（二）

你说你是"寒蝉凄切"的阿秋，
在古老的叶家庙刚刚睡醒。
从平平仄仄的丹阳古镇来，
从大别山麓挑着商担而来。

于是，
从驿站到北正街的古道，
便有了行者，
便有了牛车，
便有了汽笛，
便有了地下商城。

于是，便串起了
理丝桥的"晓风残月"，
三里棚的"骤雨初歇"，
槐荫酒楼的"都门帐饮"。
歪歪扭扭，
就到了西湖桥。
怎奈"兰舟催发"，
经不住"千种风情"……

（三）

哎——
走就走吧，快乐地走。
撑一杆老澴河刚刚涤净的碧波，
携南城新区万卷稿纸，
同一行行伟岸的楼宇作别。
送行的，还有三军台的婆娘，
挑水街的水夫，
沐浴更衣的文旅小镇，
匆匆赶来的文昌阁。

走就走吧，放心地走。
管它"千里烟波"，
管它"暮霭沉沉"，
无须"为伊憔悴，衣带渐宽"。
你可以水空切换，
到临空机场，看"天堑无涯"。
万里白云凝碧，
"户盈罗绮竞豪奢"。

走就走吧，不言期许。
几日朝思，几时梦幻，几分别离。
高速、高铁、高空，
牵你一生，不负千行泪。

一个微信，
便能在东站等你。

（四）

等你，
用温润的湖水，
酿成槐荫米酒。
等你，
怀着双峰山飘逸的瀑流。
揉一坛白兆山银杏叶吧，
醉了谪仙太白片片飞翔的诗笺。

在明朝的晨霞里，
云梦泽秦时的竹简，
一卷卷深情地展开，
又唱七仙女下凡。

回来吧！
我在西湖桥等你。
许天下文人骚客，
兴会丹阳，
愿古今诗词歌赋，
激荡山河……

湖中的浪花

把忧伤放在热浪里煮，
煮出一个原生态的相思。
把温梦放在烟波里幻，
幻出一个真切的惆怅。

新阳下，
清透故乡的修辞。
剪去浮慵的枝蔓，
留下质朴的蝉音。
缠绵北泾渔歌的楚韵，
沐浴程台夜月的华光。

这个夏天，
让人激情燃烧。

不像上回，
风衣蔽体。
帽隐鬓发，
满湖芦雪岸涯。
漫天朔风飞翔，
相见不识。

"扑通"一声，
面壁黑土朝吾家。

那湖风摇曳的芦草，
是儿时母亲的青发。
岸边标志的古槐，
记载着奶奶的童话。

再回故乡，
我愿是湖中的浪花。

磨

太阳是一轮磨，
月亮是一轮磨。
那光线的扣齿，
转动着岁月，
磨出世间的喜怒哀乐。

生活是一轮磨，
文化是一轮磨。
人民的双手，
磨出时代的浓墨，
抒写世纪梦想的壮丽组歌。

董永是一轮磨，
七仙女是一轮磨，
二人的情投意合，
磨出《天仙配》的传说。

你是一轮磨，
我是一轮磨。
我们用情思，
磨出恒久的幸福生活。

渔耕记忆

水涨则渔，
门塘撑船去。
踏一湖碧波，
桨橹击浪。

撒出一张网，
去网住艰辛的时光，
去换回油盐酱醋粮。
江湖凄凄楚楚，
渔歌沧桑。

水退则耕，
山后赶老牛，
千里瘦湖，
草低牛壮。

农户的田垄，
泥耙土耕。
种上荞麦油菜，
播下孩子们读书的希望。
田垄平平仄仄，

坎坷诗行。

城里客厅，
阳台伸在百米上。
雕花栏杆钓着咸鱼，
仿佛钓着故乡的过往。

红木茶几煮沸白茶，
叙道着今天的甘甜，
翻沸着汈汊湖波，
云梦泽浪。

老家堂屋，
泥墙布瓦深巷，
围墙古藤历风霜。
墙角处的系牛墩，
依稀系着古老的希望。

俏皮的孙儿，
在石墩上系上风筝。
那风筝的形象，
像山后水牛的模样，
托着祥云,飞向阳光……

咏凤凰台[①]

你伫立在宽阔的楚江，
北宋的风雨吹得你波涛激荡。
图腾的凤凰鸟，
遗落着九思的奇想。

是谁在岸边种下莲花，
沾满过往的皎洁月光？
一夜一夜的阅读，
独立高楼，
朝着齐鲁夫子的方向。
你的心思，
在稀疏的桐影下如网。

一张博大的网，
网住天下的朝纲。
有了理，
民心便不再摇晃。
有了理，

---

① 凤凰台，又名程台，位于孝感闵集，史载为北宋理学家程颢、程颐幼时读书求学的
地方。

江山便有了"压舱石"。

当朝堂召唤你，
相装北上。
呼啸的马蹄，
飞跨伊洛沧桑。

教鞭棒所指，
九五梁柱，
便增添了几分亮丽的朱色。
程门立雪，
便是世间难得的景象。

歌未停，
雪未央。
图腾的凤凰鸟，
静栖于楼台。
月色凝成了梦的模样，
依稀在苍穹下展翅飞翔。

古城墙

权力的利器,
在土地上活生生地撕开一道裂缝,
把坚硬的、巍峨的留给城墙,
把卑微的、柔弱的让给城池。

城门处有两道屏障,
城里上栓,
城外上锁。
你怕我进去,
我怕你出来。
城内有轮番登场的风景,
城外才是真正的江山。

坚硬的、巍峨的,
或顷刻崩塌。
卑微的、柔弱的,
或浩然长存。

把城门关上,
叫雾疫莫入。
把心扉打开,
让阳光进来。

程台夜月

缺了的，
就不要去补。
针针光线，
刺痛新的亏欠。

千年的儒光，
浸润千里烟波。
弄墨写意，
从无到有。

一弯月币，
向湖心投资。
程台瞬间涨了，
梧桐树还在，
凤凰已远。

涢水^①谣

用古典的曾侯乙编钟，
撞击春秋的明月，
让音韵唤醒沉睡的涢水。

在虔诚的祈愿里，
背诵着华夏的颂辞。
仰望神农大帝，
肃然起敬。

用浪漫的银杏叶，
去勾兑燥性的涢酒。
开一朵白兆山的云。

醉杯中，
有着盛唐的光鲜，
触摸着诗仙太白的裘绒，
温暖如春。

---

① 涢水，发源于随州大洪山，流经安陆、云梦、孝感、武汉，最后在黄陂谌家矶注入
长江。

用先秦的戟刃，
裁出一片片竹简，
放在涢水里煮，
煮出千里烟波的浩渺。

抒写王城之尊，
就煮出了彩云之梦，
剪纸皮影。

董永故里的先民们，
用燃烧的激情，
将漂河的水捂热，
然后在涢水里放冷。

这一热一冷，
犹如天上人间的爱情，
拥抱成府、漂两河。
演绎出《天仙配》，
千古的伤，
万古的情。

旅途蜿蜒曲折，
一路悲欢离合。
时而翻卷，
时而微波，
时而跌跌撞撞。

过了盘龙城——汉口的文明之根，
入滠水，就汇入了浩浩荡荡的长江。

当李白伫立黄鹤楼，
诚然不知，
多情的滠水已追随而至，
伴随钟乐、神话和彩云之梦，
远去了踪影。

愿岁月静好，
极目水穷处，
有日升。

面窝和米酒

秋水跌落，
从源头一泻千里，
一落千丈，
一直落到冬。

季节湖退去了浩渺烟波，
不愿离别的潮湿，
留下干裂的痕迹。

走在湖地，
渔民们用律动的步履，
在呼啸的风中寻找万顷波涛的记忆
和那一网一网，
网不住炊烟的雨季。

弯身拾回一枚枚沾满湖鲜的足印，
装进媳妇的菜篮里。
放在岁月里煮，
放在梦里煎，
还烙上望眼欲穿的思绪。
仿着梁上燕子泥成的模样，
于是，

湖北就诞生了面窝，
江汉人就有了美食。

当春回大地，
湖地又潮湿了。
女人的泪在空中飘落，
湖草开始返青，
一个秧苗拔节的夏季激情登场。
原野上总算长出了新米。
可没等稻米发黄，
涨水就来了。

那含浆的稻穗，
只能拧成初成的乳液，
再用湖草捂热发酵，
终于变成米酒的演绎、
江水交汇的千古传奇。

新潮①来了，
农夫们把耕牛赶到后山，
在抢收的季节喝醉了。
再撑着门塘的渔船，
唱着拉网楚调，
把酒香洒在浪头云际……

_____

① 新潮，新涨的潮水。

莲花溪①

环绕莲花地的小河，
世人叫它莲花溪。
一个禅意十足的名字，
系着"二程"夫子的"理"。
将《爱莲说》的莲子播撒，
才有这进士的摇篮——
青溪道人故里。

六百多个立春，
六百多个雨水，
都在溪水里汇集。
然后是一个连一个的塘、垸、湖，
莲花并着莲花，
荷衣连着荷衣。

侍郎的莲花溪，
尚书的莲花溪，
翰林的莲花溪，
赶到湖里江里海里。

---

① 莲花溪,孝感洪乐乡(明)义祠村莲花地是明末清初著名画家程正揆的祖居地。

炫耀着求学问道的辗转腾挪，
呈现在朝堂的风云里，
迎回了"义门"的旌旗，
才有了万里江山任我游。
《江山卧游图》，
这一永恒的青溪。

今夕何夕，
槐荫大道满载着《青溪遗稿》，
渔耕江渚的乡愁，
挂在汉孝临空的云际。

天河银鹰展翅，
京港川流不息，
黄鹤钟山，
往还随机。

今夕何夕，
正揆老人乘一叶扁舟，
甩一记长袖，
唤醒了义祠古村的故事和澴河演义。

撑一叶扁舟卧游，
你用高光拍我。
入画、出画。

浊溪、清溪。

环绕莲花地的小河，
世人叫它莲花溪。

程正揆旧居

（一）莲花溪

早稻刚开始收割，
连江的河水涨了。
莲花溪变宽了，
河对岸的旧舍远了，
天空低了一丈。

（二）青溪堂

用画素描的笔，
画粉墙黛瓦，
画你的门楣，
画江山的时候。
你半卧扁舟，
聚神远视，
用你的宣纸画长衫，
用你的歙砚，
磨丹青。

室内，
你用遗稿涂改画室的浮华，

用泼墨唤醒艺术的灵魂，
用卧游笑看江山的站姿。

（三）三义祠

顺着莲花溪乘舟北道，
上三汊埠。
徒步十亩荷田、十亩麦地，
就到了广阳乡四簸坡。

揆公的爷爷，
爷爷的兄弟。
一个推官，
一个知府。
还有一位异姓兄弟，
是当朝"网红"，
惹恼了万历朝堂。
便有了一场不敢曝光的三义祠合葬。

顺着遗冢的方向，
和月亮一样，
和星星一样，
感受到太阳的引力，
比地心的引力更强。

（四）双溪怡照图

江浙汉水，
两条水在明清两朝，
辉映月华，
拥抱肝胆，
揆公遇髡残。

一个青溪，
一个石溪。
一个长于儒理，
一个善于谈禅。
一样乐山，
一样近水，
一样怀旧国。

石的刚烈、
树的挺拔、
瀑布的宁折不弯，
统统融于溪流与灵魂。
对话自然，
韵格高古，
纵逸清远。
被群峰搂紧，
又紧紧地搂住江山。

七仙女

在王母湖的传说中，
寻觅醉美的浪花。
在理丝河依依柳隙，
遥望绚丽的云霞。

董永故里一骑绝尘，
浪漫爱情新美如画。
百匹锦缎百日园，
翩然起舞灿若韶华。

古老的荆楚留下一个美丽的神话，
憨憨的董郎迎娶七仙女，
是人？是仙？是花？

数千年文明承上启下，
民族复兴梦。
让华夏再上珠穆朗玛，
七仙女重返人间，
董永故里新美如画。

不信？

你问银河号，问宇航员，
就是去迎娶亲人回家。

孝汉大道是文脉，
传送着天上人间的情话。
至孝至诚的呼唤，
让仙女舞袖、吴刚献花。

复兴大道是血脉，
炽热的跳动紧系目标规划。
图强图新的宣言，
被青春合唱团用美声表达。

槐荫大道是媒脉，
爱和善、商和儒。
政和企、贫和富，
在诗和阳光之间，
谈婚论嫁。

文昌阁

激昂的澴水，
上演着时代主旋律。
文昌阁成了插曲，
浪漫地落在岸的谱线上，
拨弄着典雅的竖琴。

眸光看潮汛，
季节的河，
跳荡着随手可抓的音符，
白云的旋律婉转优雅。

新旧码头试图交换城南旧事的光影，
所有的乐典都来展播，
看看谁更经典。

醉　酒

孝感米酒，
五湖四海都知道。
这是一款千杯不醉的酒。

从晌午喝到黄昏，
我同残阳撞杯。
我没醉，
云霞却大醉一场。
伤逝，
一地碎片。

酒缸后面是一个有年份的湖，
沉浸在醉生梦死里。
找不到合适的陪葬，
硬是赖上了这片守魂的芦花和含泪的波光。

我没醉，
优雅的拥抱，
醉了的云霞。

大雪的深情①

翻越时空的阳光，
和天空冰云相恋了，
泛滥成满天的梨花，
悠然随意却倾情飘洒，
无牵无挂。

一层一层
天空降落的聘礼，
似键盘散落。
柔软的字符，
汇编爱情的密码。

悄悄地阻隔
旅途车轮的重压。
轻轻地抚摸
大地犁划的伤疤。

激荡时，
你也呼啸而来。

———————————

① 写于 2022 年的第一场大雪时。

去冷却火山喷发的变故，
去填平海啸耸立的浪崖。
在草与草原之间，
抚慰大野苍凉。
在叶子与森林之间，
染湿温暖的情话。
在麦苗与麦畈里，
润物无声、温文尔雅。

俯耳吻眉，
天色沾满心思，
听万物释道着苦涩和温馨。
把白云揉碎，
醉成春天的诗画。

在庙堂寺殿，
面目千年的尘埃，
被冰清玉洁的体温融化；
看泥墙布瓦，
对视凡尘的污垢，
用轻柔灵巧的双手涂擦。

阳光赶来春风，
送来岩竹红梅。
携一湾楚水，
半山青茶……

香樟树上的雪化成了水，
依依深情，
为赴一场阳光的婚礼——
化着、落着、欢笑着，
烂漫天涯！

鸿 翎

在湖泊的芦苇中，
拾得一支旧鸿翎。
还原疲惫的羽翼，
往返凄雨朔风。

苇子里重复着渔火，
点不亮湖心的月牙。
延伸到岸家的路，
被荒草半隐着，
拉弯了渔耕的寄托。
粮一半、湖一半，
水陆奔波的生活。

如今东方红霞起处，
城际铁路穿梭，
载着温暖和希望。
多像是心中的鸿翎，
激情四射，
化作水乡振兴的彩虹。

暑　争

四十度的酷暑，
考验耕耘者的尊严。

学校早已放假，
花鸟市场停业三天。
许多怕晒的景点，
只剩烈日横行。

野性旧澴河，
也被晒出了龟裂。
就连最爱叽喳的麻雀，
也收敛了很多。

也有勇士，
挑战酷暑炎炎。
大桥合龙焊花点点，
高压线塔攀爬着电网工人。
还有赶集的幺妹，
走十几里路，
将瓜果挑往集市降温。

看那倔强的鲜荷，
用碧绿的叶遮盖着脚下的清波。
就连树上的蝉儿，
歌声仍然嘹亮。

生于自然，
系于责任。
谁的心灵深处，
不在用智慧和顽强与命运抗争？

我和你

春天燕归。
燕子是冷色，
春天是暖色。
用阳光调成鲜明的反差，
绿色的柳枝淡淡的烟，
田舍山黛晚霞。

黄昏恋菊。
黄昏是冷色的，
菊花是暖色的。
用季节调成鲜明的油画，
棕色的斜荷细细的雨，
村夫牯牛河汉。

我和你。
我是蓝色，
你是红色。
再用紫色的伞，
柔和成风雅。

让春光亮一点，

让秋风暖一点，
再问问燕子，
看看菊花……

预　言

立在河边的树尖，
指着那一块低沉而浓重的云，
十分肯定地说：
要下雨了！

一会儿，
风就来了。
那个树尖包括那片林子，
都摆着脑壳，
云中还露出了蓝色。

雨是不会下了——
树态度坚定。

蓦然，
没有雷声,也没有闪电，
磅礴的大雨倾泻而下。
我疾奔树林，
不是避雨，
是想听听树的预言。

我愿捉一个故乡

我愿，
捏一个彩虹，
搭建在理丝河上。
使我心中的至爱，
能够自由地飞翔。

我愿，
摘一枚月亮，
系在槐荫树上。
使我心中的柔情，
有了驻足和光芒。

我愿，
捉一个故乡，
放在手机的春天里。
使我心中的乡愁，
色彩斑斓、百鸟朝阳。

热

都熟透了，
就去看看中伏。
都没熟透，
也去看看中伏。
黄昏拧出汗水，
热在心上都会泛起烟波。

武汉人姓热，
孝感人姓火。
长江的泳军像下饺子，
汉江的耕夫晒着脑壳。

伏天烘烤着成熟的季节，
心中有高温才能捂热生活。
武汉人越热越晒热，
张明智的鼓韵热听了头。

孝感人姓火就越生火，
把麻糖的甜蜜塞进烤炉，
将米酒的清汤煮到沸腾。
高耸的塔影焊花闪烁，

巡堤的目光将汗缝捕捉。
汉水府河伸出双臂，
去拥抱如火如荼的生活。

当罩衣上的盐巴掉入盐矿，
被澴水潮卷起热浪漩涡。
孝感人的锅里又增加了，
三分的咸味。

但还不够劲道，
期盼的日子没有熟透。
原野上的庄稼少一道金色，
城市快捷道还差一层亮油。
公园里的恋人，
保持着若即若离的间隙。
大小湖泊的莲花，
还带有几分青涩。

但愿今晚的抖音，
孝感能上热搜。
明天早上的太阳，
释放物我相宜，
各取所需的温度。

洒水车过来了

洒水车过来了，
载着唐诗。
东边日出，西边雨，
说道晴情。

九十六天无雨，
街道上直窜热气，
蝉声也在呼唤湿云。

绿化工人半夜醒，
灌满一车的责任和对城市的深情，
五更便在街道洒下甘霖。

花朵笑了，
笑出了《兰花草》的声音。
绿树乐了，
枝叶拂去了灰尘，
整个街道荡涤着细菌。

我也情不自禁，
配反了唐诗的意境。

原来情，
是人们洒下的辛勤汗水，
无晴，
是干旱和瘟疫布满的阴云。

府河岸的水杉

当抗灾车辆穿行在府河大堤上，
在夕阳斜照的巡堤困倦里，
一排排水杉树推开席卷的巨浪，
指向白云飘飞的远方。

当南风吹过江汉平原，
呼啸的水杉树，
是大堤的绿色屏障，
像英雄的卫兵一样。

满员出勤英姿挺拔，
在月亮和波光激烈扳腕时，
手挽手、肩并肩，
注筑成墙。
洪水不敢肆意冒进，
水浪撞得遍体鳞伤。

它们挺起脊梁的时候，
云变低了，
河水便矮了一截。

深山里的瀑流

当我俯瞰瀑流，
它有雷霆万钧的力量。
清肠刮肚，
为我疗伤，
然后又逼我牵肠挂肚。

然后，在来的路上，
出于泥土，
翻越人世间的红尘。
看黄昏禅意，
思绪慢慢睡去。

当我仰望瀑流，
是冰清玉洁的身影，
是两条臂膀间的托举。
上天的一半是菩提，
落地的一半是圣道。
而天上人间，
不舍昼夜奔流的是修为。

折返的路上，

四野雾霾散聚更替。
两条长腿，
仍紧紧地夹磨着世俗。
兴许，
还有美篇没来得及送到，
有温暖正准备寄出。
走夕阳山道，
梦渐渐醒来。

城郊复兴号

高铁，
像离弦的利箭，
射倒了一片丛林，
惊飞了往来的雁阵。
从老屋的墙根下呼啸而过，
旧房纷纷闪开，
所有的村庄侧过来眼睛。

原住民奔跑着，
弃了牛车，
换上新能源汽车，
开足马力去追赶那个新站。

对接售票窗口时，
霓虹灯跳动着焦虑，
你早已驶入下一程。

迎接你来、欢送你去，
庄稼和农舍都拥戴着你。
乡亲们的激情，
把你宠得飞起。

只希望你带上它，
成为风景中的风景。
下一站，
以江山的名义命名。
下一班的乘客，
应该有去往乡下的新农人。

淌过城市中心的河

汇集所有楼窗的眼泪，
容纳所有街道的雨水。
经纬数百万生灵的心泉，
托梦蓝天。

波光里，
保留南城轶事的底片。
水镜下，
嵌映东城豪府的塔影。

月明星稀，
城际高架的车灯，
在水中漾得更加浪漫。
公园里，
时不时上演音乐喷泉。

让我在你的怀里，
看儿时的太阳，
画银河的星星。

在波涛声里，

浸湿青春的足音，
在林荫大道响起，
把天空衬得更蓝更辽阔。

凌波微步而来，
在我暮年的额头上写生。

澴川河，我思念你

为你收集大别山的风，
中原、红叶。
为你拥抱白兆山的云，
诗仙、银杏。
为你打捞云梦泽的沉鱼，
王城、竹简。
为你供奉江汉平原的膏矿精盐，
为你重塑董永七仙女的爱情名片。

凤凰台看月，
西湖桥醉酒。
唯双峰飞瀑，
在你怀中卧游。

只请你让过往的记忆，
重新潮起，
迷漫一个色彩艳丽的明天。
让祝福装进瓶子，
凝聚成浓郁的蓝黑色墨水。

澴川河啊！

你翻开所有纯洁的浪花，
请让我折取你两岸柳枝代笔，
每一行都写你。
每一页都画你。

让川流不息的人与车，
让远去和归来的云与雁，
读你一句一句，
背你一篇一篇。

第二辑

游牧时光

从军功章的影集里，
取下酒樽。
等待——
明天的泪滴。

太行深处警戍兵

太行深处来站岗，
五十发子弹一杆枪。
下岗退、上岗装，
数星星、望故乡，
肩上红旗哨所窗。

太行深处来站岗，
迎风雨、傲雪霜。
疾速行军小米汤，
护柳绿、看麦黄，
想想当年李向阳。

军梦年少

墨迹已被岁月风干，
霜花已爬上脸盘。
多少回梦回军营，
多年后初心依然。

你看,你看,
祖国的天空
是那么湛蓝,
故园的花朵
开得正鲜……

聚　期

下雨的日子，
你说高兴就是好天气。
那滴答滴答的，
是诗的颗粒。

窗纸上，
糊着聚期。
山风里，
有奔马的嘶鸣。
从军功章的影集里，
取下酒樽。
等待——
明天的泪滴。

退　伍

转身换岗，
哨所如磐，
瞬间点亮了边境的眼睛。

在漠北南涯的国土上，
鲜花托着月亮。
月亮托着籁音，
我托着长城。

青春的记忆，
一分一分的清晰。
朝朝暮暮的期盼，
泛黄的军装
又绿了漂泊的岸。

岁月的河流，
流过铁打的军营。
刚刚返回故乡，
又把故乡深切的思念，
抑不住激动的泪水，
和着梦里号角哽咽。

和短视频有关

树影婆娑，
炊烟袅袅。
波涛翻卷，
都和风有关。

原野鲜花，
云北雁南。
天地苍茫，
都和季节有关。

琴瑟和鸣，
壁画锦绢。
塔影古城，
都和艺术有关。

梦幻般的生活，
正经历多元地震。
听涛观澜，
汹涌的情绪，
能激活休眠的火山。
也许明天，

我们会微笑地向海啸宣战，
都和极端有关。

双眼凝视着远方，
双手搂抱着信念。
所有的日子集合着心灵的呼唤。

原来风、季节、艺术，
以极端的方式呈现。
楼宇在晃动，
大地在奔跑。
童年和暮年合拍，
仙女和农夫同款，
亦愁、亦盼，
都和短视频有关。

到恩施避暑

这个盛夏，
和三伏周旋。

恩施土司城门打开，
是几行错叠的山脉。
山脉的门洞打开，
是数坨稀疏的村落。

村落的门打开，
有位原著姑娘。
姑娘的心打开，
是六口茶的清纯。

茶壶的盖子打开，
是岁月的思念。

于是江城人，
山城人，
董永七仙女的家乡人，
都纷至踏入鄂西的山门。

他们把家挪空，
心中的《六口茶》壶，
留给三伏——
一场酣畅淋漓的热恋。

他们的心，
却在理丝河里，
抑或在清江里流浪。

那清澈镜明处，
当然少不了瑶池仙境，
蓝天白云。

转

山没有转，
水也没转。
坐地日行，
私家车涉水翻山。
四轮飞奔，
还有迷情的目眩。

峰峦叠嶂，
苍山似染，
满目植被。
嫩黄、碧绿、苍青，
光影错落变换。

恩施拾玉，
到荆楚头枕的边城。
长阳建始、巫山巴人，
苍天长河对弈棋子。

伴着历史长河的龙脉，
几度生死考验，
几多弃子成活，

抗天命、尽其所有。

大山的真面目，
颤抖了哲人的箴言，
我们失敬。
心中的九曲回肠，
传情转恋。

锤　炼

世界就是个铁匠铺，
月亮抡着小锤，
塑造着器件的仪态。

太阳抡着大锤，
创造着器件的体魄。
地球上有让人刻骨铭心的形象，
山里人就在其中。

用你的美色，
兑换我的珍藏。
古老的巴楚，
是个稀罕的物件。

只有经过锤炼，
才能看出成色。

土家山路弯

说山里人很实诚、直爽，
奈何山路弯弯，
就得拐着走。
要背负山一样的重担，
只有弓身行。

弯弯盘盘、盘盘弯弯，
是岁月留下的轨迹，
是飞鸟投下的剪影，
是闪电的驻足，
是船夫落在岩坡的纤。

清江水是清的，
云是干净的。
人与自然和合天成。
山里人用瀑布的纯白和激昂，
直直地砸落下来，
溅起了问答式的情感。

一首首民歌，
用船推，

推出了江水九连环。
用车装，
装满了山路十八弯。

当东山的领口跃出鲜红，
那人诚得可爱，
那峰直得挺拔，
那路弯得极富内涵。

傍　晚

群山落下的低丘，
寨子农舍夕烟。
城里人像赶集一样，
流向寨子西头的场坪。

一边跳舞一边远看，
在天然的氧吧里深呼吸。
晚归的山牛，
穿过松林和苞谷地。
奶鲜味和山药味，
用竹篓混装着背下山。

夕照穿过丛林，
惊奇地眨眼，
巴楚人反窥外面的世界。
休闲的名牌服饰，
张扬着傍晚的寨景。
城里人身上的香水味，
把晚风赶到山的那边。

那边，

四十层的楼宇，
四十度的高温。
新生活，
打开楼和山的通道。

乡在这边，
市在那边。
情约黄昏……

翻唱《龙船调》

金那银儿锁，
银那银儿锁，
锁住妹娃要过的河。
滩上的鸳鸯成对，
新年的红棉袄，
是栖落在船上的云朵。

十八岁漂泊在水湾，
一顶蓝纸伞滑过来。
翻不过竹楼的屋脊，
眼巴巴地看着别家的龙船，
一只只划向远岸。

二月春分的时候，
那位等候艄公的妹娃，
想起了山那边的娘家。

躲在屋檐下，
撑一叶蓝纸伞。
罩一袭怀念的云彩，
谁来开锁？

神女峰

你呼吸，
深深呼吸三百里峡江的满天雾气。
白天扛着太阳，
晚上捧着月亮。
还有一年四季，
一世万年的历史沧桑。

你身上沁出的汗水和泪滴，
汇成了峡江的过往。
于是，
有了惊涛骇浪和婉转悠扬。

天空和大海，
诗和远方……

游牧时光

天边的游子，
境遇如游牧。
生活的行囊从早背到黑，
匆匆寻找每个驿站的风景。

寻找迁徙中丢失的爱，
用沉重的背负，
换得天空一片轻云，
把我的歌词写在上面。

汛期怕水，
归期怕杯。
借一盏柔和的月光，
碎影代醉。

无论哪个季节，
你在哪个牧场，
我都陪伴你，
再不需要每天奔跑到山顶。
踮着脚，
幻想着快马奔来，

袭一衣红尘。

不管哪次转场，
我在哪个站台，
你都能看见我。
最好在裸色的毡房，
看到我的全部，
用竹杖芒鞋，
走进地老天荒。

西行独白

少年心事，
最爱齐天大圣。
削柳当棒。
十万八千里，
一步登天。

长大后，
方知五指山，
又沉又坚。
紧箍咒，
紧扣着神经。
劈桑成扁担，
士农工商，
风雨兼程。

为生活，
穷尽七十二变。
寻真经，
历尽万苦千辛，
难得火眼金睛。

再后来，
繁星落在地上，
生出密密麻麻的足印。
连着河流高原，
通向如来佛祖的掌纹。

今生来世，
每五百年一次呼唤。
消除所有故事的修辞，
作别紧箍咒，
仍不肯讲——
芸芸众生红尘……

延安行

从南湖红船到天安门，
历经了一个世纪的风云。
从将军县大悟出发，
带着厚意与深情，
乘高铁向延安的方向飞奔。
在宝塔山下驻足，
在延河岸边聚贤……

终于见到了，
城头上北斗的闪亮；
终于看到了，
窑洞中油灯的光明。
多少次幻想
取延河水煮家乡的米酒，
多少回做梦，
登宝塔山佩上闪闪的红星。

家乡的米酒哟，
一闻就醉。
枣园的枣儿哟，
一看就甜。

这里有"大地之子"，
这里有"骆驼之声"，
有《实践论》《矛盾论》，
还有《沁园春》《为人民服务》。

穿上征衣，
明天又要启程，
把灵魂清新干净。

重登滕王阁

天还在，
水自流，
白云慢悠悠。
滕王不识新阁，
孤鹜不知归路。

岁重阳，
又重上，
霜天竞自由。
寻旅千年一叹，
天涯芳草幽幽。

军步丈量远和近

远了、远了，
故乡炊烟升起的晨月；
近了、近了，
天安门城楼托起的星辰。

重了、重了，
巡逻线上铿锵的步履。
踩着青春的步伐，
丈量着对祖国的忠诚。

一步、两步，
夜雨、霜晨，
无论远近，
都在母亲的视野里，
每一缕阳光，
都连着故乡的春天。

秋

怀念绿草，
在水的一方，
白雾不再茫茫。
刚刚折叠好荷叶的长裙，
暑热却早已跨出了门窗。

决意向南，
到天涯挽留季风热浪，
心却不由自主。
紧扎着篱栅，
拥抱北雪登场。

春和你绝配，
岁月才如此沧桑。
你和春相拥，
光色才披上艳装。
一个"收"字，
山河可否同书？
最美的月色，
共浴酷暑寒凉？

这个季节，
大雁是最酷的使者，
嘎嘎声震得残云心潮激荡。
银杏的叶子，
桂花的芬芳。
在天高云淡的日子里，
雨湿了眼眶……

金 秋

南飞的雁阵，
像条弯弓，
从云里弹出来，
仿佛金秋邮递的请柬。
在空中，
炫耀着又一年的丰收。

把大自然的节令文本，
打印至碧空。
一队队向日葵，
一簇簇野菊花，
金色的稻浪，
广袤的大地，
毫不犹豫地再版灿烂的季节。

我愿激荡每一滴热血，
重获一次，
人生的金色。

母亲的牵挂

飞叶，
传递着母亲的牵挂。
不胫而走的秋凉，
从黑夜雨巷逆袭而来。
楼道连着楼道，
直到长满荒草的野郊。
在封闭的管廊里，
小心翼翼地走了很久很久。

平常半小时到机场，
如今半个月都开不到。
母亲手包的周末饺，
隔周仍在锅里飘。

古典的炊烟，
也被新式的烟筒围了起来。
仿佛是五千年来，
首次穿越如此怪异的通道，

千万次的问寻，
千万里的祈祷，

我把心交给邮箱，
寄不去起伏的波涛。

蓦然，
母亲百回千转，
送来一捆干艾蒿和一篮子绿叶菜。
乡村一条亘古的路，
有了新的路标。
深秋流来阵阵暖意，
儿时的夏夜，
母亲唱着那动人的童谣。

秋深了，
很深很深的秋，
更深更深的，
是不能忘却的亲人、
不断探索的脚步，
以及不敢失去的路标。

走到九月九

稻穗一粒粒的黄，
大树一叶一叶的醉。
走到九月九，
河流拐弯处，
看残霞牵裙弄姿，
诉说一世的浪漫。
煮半秋湖水，
与心思静坐。

一首残荷，
半堤野菊。
还有一湾飘逸的芦苇，
夕阳下缓缓踱步，
陪我两鬓慢慢斑白。

网 恋

潋滟秋波，
扁舟犁出的网花，
变得五彩斑斓。

青笠蓝襟荷莲，
长发下露出半张妹脸。
摇橹的模样，
像是拨弄着琴弦。
撒下的网，
去网住那朵巡山的云。

弯眉上、手遮阳，
凝视鸿雁阵阵。
远方边陲的哨营，
是谁在弹奏士兵之恋？

三分惆怅，
七分缠绵，
十足的青春岁月，
燃烧的激情。

渔妹的凝望，
射断了琴弦。
知向谁边？

端午的水

五月的泪水，
不热也不冰。
朝堂的风却凉透了，
你心中有熊熊火焰。
唤醒九天狂飙，
泪水不再冰凉。

五月的楚水，
不深也不浅，
刚好容下满腔热血。
让圣洁的灵魂，
在水浪和白云之间，
折叠出楚辞诗笺。

五月的黄河水，
不清也不浊，
盛满了世间滚滚红尘。
王位、疆域，合纵连横。

五月所有的江河水，
不长也不短。

从楚人到汉人，
再到汉唐，
到永乐大典，
求索修远。
涛声不断歌不断，
神州万里起新潮。

五月端午，
是过往的旧客。
战国风云，
犹如昨天。
三闾大夫，
用赴义的时间和浓厚的楚韵警示。
一块巨石沉落，
一颗恒星升起。

向右是董永路，
向左是天仙路。
谁来牵你走过槐荫桥，
摸一摸柳丝的模样？

第一眼见你

第一眼见你，
就刻在心里。
从此，
我便不敢看你。

寻遍春天，
看山花烂漫，
如你舞动的彩裙。

我寻遍蓝天白云，
原野的碧草裙衣。
而冬天，
我胆怯地抬眼，
生怕贪婪的眼光，
玷污了你洁白的灵魂。

而最不敢看的，
是那一湖如镜的冰水。
生怕眼光砸下去，
你就会奔腾、汹涌，
击垮我心灵的防线。

第一次见你，
便是一辈子。

梦里新娘

十八岁，
一天天积攒起来的纯真，
连同春风夏雨绘就的诗笺。
在冬天迷离的雪夜，
被生活绑进了城。

我和你十八岁，
月光下的嫩吻。
入伍时，
你送我桃花鞋垫，
作为从军纪念。

你是被汉江的商船拖走的，
娇柔的身体挣不脱陡峭的崖岸。
你是被逃农的挑夫挑走的，
善良的目光拗不过长长的桑木扁担。

况且，
你还想用它，
担回故乡的温暖。

不曾有海誓山盟，
但我用诗稿朗读宣言。
青年的心思，
被一封封家书压得扁扁。
心田的泪水，
早已湿透军营。
嘴上喊再见，
远山却回荡着呼唤。

把祝福托给月亮，
让星星成为思念的标点。
照你千回，
读你万遍。
用一辈子，
去造八抬大轿。
让所有的梦聚成力，
让你再做一次新娘。

时　光

撕开一页页日历，
又见朝阳。
一组阿拉伯数字，
用标准的汉语发音。
以世界公元纪年，
趣谈，
华夏儿女情缘。

风，
是些过往的诗句，
不愿掀开这过薄的页面。
随便说出一句，
那只是稍纵即逝的轻烟。

雨，
有些值得怀念。
少年的青春灼火如翻江倒海，
但只能藏在水的一方、绿草河边，
夹在笔记本深处。

人到中年，

都是男耕女织式样，
不越雷池，坚守围城。
走着走着，
就到了相互搀扶的黄昏，
成为夕阳下的剪影。

一辈子，
一句话，
有吴越少女的绵柔，
有泰山般的忠诚。

时光存盘，
鸿雁罩着时装，
摆着最流行的阵影。
毫无顾忌地衔着，
网络情人的书信，
送给主宰命名的媒神。

那么重，
又那么轻。
千万别开口，
散落时会砸伤真恋……

鹊桥暇思

你是牛郎，
用鞭子抽出来的，
可望却无迹。
你是织女，
用丝纱缝接的，
可幻而不可觉。
只有仙鹊飞渡，
聚翅为桥。

为什么要飞离人间呢？
耕地苦，
茶道险，
兵途关万重，
朝堂不停风……

为什么要展翅远飞呢？
野无涯，
夜漫长，
寒气袭长空，
嫦娥寂更浓……

忽报人间复兴梦，

归去来兮，

天上人间明月同。

爱到永远

欣赏春花烂漫，
感恩夏阳温暖，
赞美秋日美景，
惊叹冬雪奇观！
岁月浅了，
季节却深了。
眸光中揉洗过每一朵云影。

听到了四季群鸟的和唱，
触摸了牵手和握手的悬念，
细嗅着生命谷物的芳香，
品尝了世间的苦辣酸甜。
风云变幻，
造物神灵，
你艳羡了天上人间。

总想打探云里面的故事，
总想看山那边的风景。
不知那片净土，
埋藏着多少珍宝。
且慢，

不能将深潜器开进友人的心海良田。
请拉上夜的窗帘，
让梦被抽丝剥茧。

光明和黑暗互相依存，
我只选择善良和真诚。
无论逃避还是直面，
爱到永远……

随时准备寄给你

我把自己存进手机备忘录，
随时准备寄给你。
站在夕阳的河边，
穿着格子衬衣。

那个平头，
是儿时用二斗米，
从剃头铺换的。
那个捧腹的站姿，
一直落在三十年前照相馆的镜框里。

额头的几条线变粗了，
不知能否作为故乡的素描？
假如你认为还有几分禅意，
无论雨天还是霜夜，
随时准备寄给你。

放过你

烈日穿透了麦帽的缝隙，
田野里的光芒浸满了汗水。
一个声音古朴又清晰，
耕完这一亩就放你。

疲惫的夕阳溜向山坳，
牛纤拉住黄昏印染的长衣。
一个声音浑厚又沙哑，
耕完这一分就放你。

迎接你的星斗近了，
远山的黛色依然美丽。
女人的唤声婉转又悠扬，
耕完这一垄就放你。

红裙舞黄叶飞

一抹云霞，
从阳台边稍纵即逝。
看红裙舞动的姿态，
知道云去了哪儿。

当时光剪碎裙衣，
成为斑斓的黄叶。
看残阳飞翔的模样，
我知道，
她要去哪儿。

伞中情缘

春天的雨，
来刷新面容。
多想，
打湿了的梨花，
飞进我的怀里。
再在墙角蹲下，
唱着浪漫的歌曲，
不顾及雷电和故作姿态的桃李。

夏天的云，
来庇护自己。
多盼，
汗淋淋的荷叶，
躲进我心里。
且在池塘边开出花，
迷漫着芬芳的气息，
不打扰太阳和蝴蝶的歇息。

秋天的风，
来刻画沧桑。
将我的风衣，

披你肩上，
把你的体温，
传递到我的肌肤。

是冬天，
挡着满天飞絮。
我就是一面飘扬的旗，
披一袭红衣，
张扬对比着世间的洁白，
烈风中追你。

毕业女孩

少女倚栏，
眼眶几滴晶莹。
垂眸一怨，
楼下院塘深深。

翠荷叶微倾，
露珠颤颤。
清风一拨，
起落数点红蜻蜓。

明天，
对面的中学毕业庆典，
少女的心思，
依稀月云。

无　秋

烈日到冷日，
少了天高云淡。
莲花入残荷，
少了绿黄转变，
仿佛一夜大河奔流，
又突然显现江滩。
甚至，到了重阳，
矜持的桂花还未吐芳。

无秋，
并非无愁，
那炒不热的楼盘，
那迈不过的店槛，
那扛不起的水分，
还有一阵阵回飞的大雁。

烈日到冷日，
天空飞过雁阵，
过了重阳，
桂花还会飘香……

钓一个梦

水退了，
潮水伴随春怨。
岸柳千条，
拉不回烟雨一蓑。
霞西了，
阳光奔赴夏之约，
电闪雷鸣，
唤不住凡尘漂泊。

你没走！
前天在风雨中傲立，
昨天在烈日下守候。
你没走！
你晓得河里有鱼。
鱼没走，
她感觉你就要来勾起秋波。

前面是上班族必走的桥，
后边是孩子们放学唱歌的路。
水平如镜，
折映出想家的样子。

紧盯不放的，
是母亲浣衣的河，
长河中多少热泪洒落。

你看，
钓台石板都蹬出坑了。
蹬一道秋的风景，
钓一个梦醒时分和"酒醒何处"的故事。
放不下我心永恒的诉说……

三婆婆的纺车

从满月上抽下月光，
皎洁柔软、魂牵梦绕。
从十六抽到二十六，
把满月抽成了月牙；
把柳枝抽成了柳絮；
把鲜花抽成了衣衫。

莺燕穿梭、飞针走线。
从十五纺到七夕，
把蚕茧抽成了蚕丝；
把岁月纺成了年轮；
把思绪纺成了皱纹。

当月牙般的发簪，
将长发盘起，
你又回到了黄花妙年。
舍不得花的财富，
一天天聚攒的清纯。

你要用千丝万缕，
结成愁怨，
再叙一世的情缘。

顺　道

舞动的红裙，
飘逸的长发和杨柳岸，
一样的摆姿，
嫁于风的方向。

炊烟是些老诗句，
载在云上，
下雨的日子，
湿润了眼眶。

如见红酒斜盏光影，
在没有航标的河流上，
少年背负鱼筐，
将漂流瓶轻轻释放。
心里的双桅船，
逆风飞翔。

奶奶的蒲扇

奶奶的蒲扇，
是夏夜的摇篮。

摇动着天上的星星，
忽闪忽闪，
掉落了一地的童话。

扇出蒲公英的种子，
它们飘过原野，
也把我的心带到天涯。

父亲的脸庞

您沧桑的脸庞，
像深秋的榆桑树叶，
续着岁月的诗行。

您深邃的目光，
折射出温暖和慈祥。
清苦时，
遮盖我的汗颜。
登险峰，
扶我行稳向上。

您质朴地向云走去，
留下土地和穗浪。
在土地和梦想间，
虚拟一条河，
从您的心绪到我的心房。

那夜的雨，
在转角处惊慌地消失。
再见您，
已成为隔世的遥想。

坟茔的清露，
摇响风铃。
一滴泪，
就能映出您的模样。

不论是第一缕晨曦，
还是满天的星光，
都衬托着您的脸庞。

又见父亲

在梦中,
把脚伸了再伸,
去寻找大手的抚摸。
长长久久的思念,
折成沟沟坎坎的皱纹。

当脚伸出了被边,
当梦移过了床沿,
我匆匆走到父亲的寒冢。

坚实的土地,
温暖的灵魂。
高昂的头颅,
最亮丽的风景。

匍匐叩拜,
在风雨侵蚀的石碑上,
紧紧贴上了泪湿的脸。

母亲的歌声

您步入学堂，
正好是一九四九年的晚秋。
生下我时，
又赶上灾荒的年头。

记忆里，您的歌声，
总能让杨柳又绿；
印象中，您的嗓音，
常常能让炊烟飘拂。

野菜花，在溪一旁，
叮咚闪烁；
大雁归，蓝天一碧，
悠扬三秋。

紫藤攀爬，
填满了父亲的额纹。
米酒清香，
熏迷了我渴望的眼眸。
歌声让奶奶的诉哭声变弱，
风暴里不再有雷霆的怒吼。

而今，
儿女们都已高飞远走，
老家已成为绿岛孤舟。
家乡柳树模刻着歌声的光盘，
天籁之音能让炊烟更有节奏。

野菜花开，
带来四季的问候。
鸿雁飞过，
总会有浓郁的乡愁。

绿岛是让人思念的原点，
小舟悠悠，
不再停泊在浔阳江头。

迁坟与魂牵

后山草叶间，
隐藏着故事。
随手一抓，
就能装进书里。

不愿翻开书页，
怕撕痛折叠处，
最初和最深的乡愁。

抚摸新叶，
风吹皱了我的眼皮。
凝视大地，
思绪滑过叶尖。

方寸之间，
如日月波光合闪，
演绎着墓碑与丰碑的切换。

坚实的土地，
坟迁了，
却迁不走魂魄的根。

高举起镐把，
却放不下，
撕心裂肺的熬煎。
记住墓碑上的字样——
中国农民！

往 昔

十亩归山,很小,
冢茔更小。
可是,是您的领地!
眸光中,
宛如天海无际。

遥望满天的云霞,
无一处不是您的消息。
微风拂过,
指尖滑过温暖的印记。

丘畈间的菜花,
挂满了每年每季的念想。
乡野的炊烟,
投递着生活的思绪。

鲜有人走的乡土路,
地菜都拱出来了,
铺成密密麻麻的心迹。

雨来了,看雨;

雨过后，看虹。
离开了您的日子，
免不了回看您。

想坠进梦乡，
和您说说话。
您依然无声息。
我只好侧身窗外，
独自怀揣星光，
默数往昔……

三叔的家史

三叔，
十三岁就已扶了三年的犁。
把泥土搅得昏天黑地，
活脱脱像个大男人。
是生命的原动力，
让穷人的孩子早当家。
闭眼时，
还摸着犁划伤的印记。

三叔的三儿，
十六岁就隐龄拜了天地。
开山劈岭搞得风生水起，
典型的突击队标兵。
催熟靠激情燃烧的岁月，
举杯时，
总报道曾经获奖的消息。

他是三儿的三子，
二十六还沉迷游戏。
环卫太苦外卖太累，
心思缥缈，

忌说"啃老"。
梦想像父亲一样，
创造奇迹。
激动时，
喊着要从现在做起。

三子的后代，
最好再超越一个世纪降临，
免瘟疫，
无战乱，
净空气。

春暖花开时，
携家人和宾朋，
乘中国梦号航母，
畅游世界。
三叔的家史淀出了浪花，
让海风吹拂浪漫的诗意。

幺婆婆的栀子花

幺婆婆走了，
栀子花开了。
迷离了眸光，
触碰了柔白。

往年，
栀子花开，
六瓣六朵。
幺婆婆用红绳捆成一簇，
塆里每户一份。
明镜里的素颜，
黑夜里的月色。

幺婆婆说，
栀子树要用淘米水浇灌，
决不能渗入眼泪。
恐开出的花不快乐，
也不纯净。

没施过化肥农药，
生怕污染那一分精心呵护的纯粹。

风月牵影，
冰魂雪魄。

树周围用罩子罩着，
花骨朵就不会沾满尘埃。
下雨的时候，
盖上了过滤的纱丝，
能将雨水中的凄冷阻隔。
出世入世，
绽放收获。

田畈里、巷子里，
到处都是甜甜蜜蜜。
六六和顺，
花朵才能芳香浓郁。
窗子打开，
递上了喜悦。

幺婆婆走了，
栀子花飘落了。
那满地的惆怅，
白了，
云朵在天空开出六瓣来……

一米阳光

东方，
高出海平线一米的红轮，
那是朝阳。

西风，
山凹口一米的红伞，
那是夕阳。
还有头顶，
照得睁不开眼睛的正午阳光。

就在身边，
貌似极易得到，
可总是难以捉摸，
总差那么一米。

追逐疲倦了，
就不再奢望拥有，
可她却缠缠绵绵。
一米阳光，
如同一米钓线，
诱我上钩。

致母校

系紧书包的扣带，
我的目光黄了。
纷飞的落叶，
亦如儿时的娱乐，
轮番上演着打撒撒。
在翻转间折腾着，
快乐与烦恼。

沿着穿墙的猫洞，
去寻找校园珍藏的过往。
抚触过的学堂讲台，
告别暑假的那一声清嗓。
像黑板与粉笔对应的阴阳，
像老师用汉腔朗读的北国风光。

当你在我的眼里发现你，
于是就有了：
校园旗杆上瑰丽的晨曦，
瓦屋整齐朴素的桌椅，
运动场上雏鹰飞翔的韵律。
偷折的纸条、相互暗递，
成了一壶老酒的商标。

半个世纪，
我早已脱下毕业的校衣。
而你正在新征程起航，
分辨出当初激情澎湃的模样。
就用这滚烫的泪水，
去润湿斑驳龟裂的校墙吧！

我鞠身拾起一片片落叶，
等待夏天、等待放学，
让童年的歌谣回到——
池塘边的榕树上。

走向阳光

同一条坎坷曲折的路，
我戴着斗笠。
而你，
穿着雨衣。

同一间低矮简陋的教室，
我靠窗而坐、班花同桌，
而你，
坐在后排过道。

后来，
我们在同一个城市相遇。
你昂首走向那一片新开的工地，
我拖着疲惫的身躯，
从科技楼下班回家。

而现今的街道，
丝毫没有两样。
一端连接高速公路的出口，
一端连接通往故乡的村路。
阳光和空气，

门面和尊容。
就连马路间的距离，
宽窄平行。

我相信，
每一条道路都通向阳光，
每一间房屋都可以遮风避雨。
春秋与冬夏，
同频共振。
冷色和暖色，
相约花期。

树

与房子有关，
鸟之巢，
家之居。

与战争有关，
侵略，
砍杀。

与因果有关，
前世是土地滋养你，
来世是你滋养土地。

与五行有关，
东方属木，
东方人喜爱八卦……

桂花飘香的季节

流着金、流着银，
流着芬芳的八月，
安居我的记忆。

偶尔被风卷进没有出头的巷道，
你在遥远的他乡，
含情脉脉地望着我，
生怕我寂寞。

夕阳西下，
银桂赠给我月亮。
月亮消失时，
金桂赐予我破晓。

雁飞天涯千里万里，
我却独守院里，
等待归期。

端午节

一位乡土诗人，
寻着艾香，
走近千年的《楚辞》，
那个粉墙黛瓦的河巷。
慢动的青衣长衫，
倒映成暗沉的往事。

一位行商大娘，
守着一捆捆艾蒿，
辨认着游客的眸光。
云还是往昔的样子，
她在回忆当年雨飘走的方向。

端午节，
转角处相遇，
他们都看到了河西的苇荡。
有帆影飘过，
一首新诗用艾叶包裹，
轻轻地放逐河上……

轶　事

端午节也是相亲的日子。
龙舟上的红线系着禅意，
那是媒娘的道具。

包好了彩粽，
折折叠叠。
十八岁的纯真，
照着龙舟的舵手投去。
龙舟还未出发，
妹娃的心早已过河。

不料击中了鼓手，
又被舵桨打进水里。
鼓声桨声呐喊声四起，
河面上数舟竞发。

妹娃又急又气，
又惊又喜。
远方的云依然悠闲，
黛山写满静谧。

这下，
河里的浪迅速上涨。
这回，
槐荫树便没有开口。

它在思考，
端午的传承和龙的传人，
媒娘的门槛，
都踏破了。

今　天

那晚我偷看窗外，
你站在雪地，
用右手挡着雪花。
路灯下眸光凄美，
非要走吗？
天涯很远，
今天窗户上晒着白云，
晾衣架挂着一袭红衣，
欺骗了你的眼睛。

那天你窥视室内，
我倚在沙发。
用左手挡着泪花，
侧光里几声抽泣，
叩在键盘上。
花开了好多季，
而今天窗台的帘拉开，
有琴声飘过，
心跳频率定格成颤音。

门还是老样子，

只是楼道深深。
你生怕撞碎了我的矜持和羞红，
不敢敲门。

而今天，
是个随心所欲的天气，
太阳驱散了阴云，
你扛着三秋的记忆回家，
快跟着折射的光进来。

难忘的声音

在高山之巅呼唤，
在大洋彼岸呐喊，
被窝里说着悄悄话。
公园里的人，
边走边拨响着振铃，

以往，
我记得上下课的钟声，
很准时。
我记得军营的号声，
很震撼。

躲在被窝里的，
是儿时纯真的呓语。
公园的廊椅上，
是神奇而甜蜜的爱情。

风雨漂泊、繁华落幕，
视频号的语言显苍白。
干涩、冰冷，
那些精致的饰音，

可娱而不可亲。

唯母亲站在村口，
唤儿乳名，
那声音穿透万水千山。

我和你的私信

太阳的朋友圈叫太阳，
围绕着无数的星辰。
聊着岁月沧桑，
讲述宇宙的共同命运。

春天的微信群叫春天，
向世界发送友好的请柬。
南云北雁，
海浪山峦。

蝴蝶和鲜花叙话，
百鸟发布了优雅的歌舞视频。

而我和你的私信，
用八分的邮票，
寄了半个世纪。

从晨曦寄到黄昏，
是冰雪融化后的泪水，
是风雨过后纷飞的叶片，
是每天刷新的头条，

是夕阳河里收藏的倩影。

我和你的私信，
是一滴泪，
一片叶。

推开窗棂的密码，
太阳和春天都在里边……

蹚过汛期的堤

野性湖草狂生，
惊慌了家性的庄稼。

于是——
耕夫开始围垦、筑堤，
青春开始拓荒、耕地。
晾晒的旧床单，
迎来了崭新的汛期。
少年的心思，
一个雨季又一个雨季。

外面是汹涌的水，
里面有滚滚的浪。
咫尺天涯眉峰聚，
暗香浮动伤透了堤。

于是——
我开始聚集洪峰，
你开始种植藤萝，
时刻准备着越狱，
来一场痛快淋漓的私奔。

如今,堤沦陷了,
岸往前移。
那苍蓝的水,
不缓也不急。
岸边的村落,
不密也不稀。

真有动情处,
就用那个旧床单
当手绢,
用完后和白云一块,
投入湖水里洗……

爱情的眼睛

盲道上探索的盲杖，
敲打着静静的阳光。
他心情很好——
从发际间的温度，
知道云不在这个方向。

向右是董永路，
向左是天仙路。
谁来牵你走过槐荫桥，
摸一摸柳丝的模样？

十字路口，
三原色指示灯。
按下暂停键，
改由槐荫老人指向。

城门打开，
哪个梦幻般的声音，
缓缓唱？

城市的窗户，
探出一双保留意象的眼睛。

第四辑

偶见故居

秋天的那一枚落叶，
是诗人摘下来，
安放在心上的思绪。

古老的巷子

明初移民，
一沓沓的足印，
砌起来的高高的马头墙，
错落成岁月的痕迹。
墙与墙间的石块，
铺上先民更早的记忆。
于是，
故乡就有了一条深深的、
弯弯折折的巷子。

墙上就起了粉白色的心思，
黛青色的窑瓦，
能更妥地对比霜雪。
过籍时走得匆忙，
担子太沉重，
门当和户对落下了。
只剩门楣高挑，
挡不住凄然的雨滴。

月光进不去，
明早就要远行的男人们。

照着月亮的形体，
在巷子前面开建池塘。
收集天井里女人的眼泪，
让所有的心事绽放涟漪，
每个夜晚交换思绪。

巷子口通到后山，
哪个能装下朝阳的山凹？
充满了斧凿的痕迹，
怨妇们把山凹都望出洞了，
估摸着男人从洞口折返，
将满满的梦塞进巷子里。

岁月总算在此驻足，
故乡的风吹开了故事的序曲。
村口的老牛，
紧扣着背上的压力。
如盘的月亮，
伏着生活的希冀。

故乡的天

那一日，
爷爷牵出了牛，
也把太阳牵出了天际。
傍晚，
牛回了，
太阳却走丢了。
爷爷的天，长夜难眠。

那一季，
父亲戴着红袖标出门，
跟随的，
还有那战斗的青春年华。
当红袖标被列藏为珍品，
青春，
却留在了激情燃烧的岁月。
父亲的天，万山红遍。

那一年，
我背着书包远行，
带着酷爱的诗笺。
毕业时，

书包背回来了，
诗笺却在春风的国度，
成为诗的通行证。
我的天，
在希望的田间。

看未来，
儿子向世界发布微信。
他要用网络网住乡愁，
将庄稼种在多媒体页面。
让故乡是故乡的风景，
把梦想刻成梦想的软件。

儿子的天，
沐浴时代的阳光，
鲜花盛开，
迈向新时代。

土　地

沉默是金，
开口即射光芒。
沉睡了祖祖辈辈的土地，
终于敞开了您博大的胸膛。

风雨绝尘，
人世沧桑，
厚重、赤诚、明亮。
此刻，我的罩衣被染红，
心灵在震荡……

才知道诗人艾青——
为什么"眼里常含泪水"？
才理解作家贺敬之——
为什么"手抓黄土我不放，紧紧儿贴在心窝上"？

母亲啊，"您在唤我吗？"
荆棘坎坷雷电闪响，
繁华锦绣背影残阳，
这金色的土地——
请在心间收藏……

老伯的咸鱼[①]

粗瓷大碗，
缺少了酱醋油盐，
却多了阳光空气的浪漫。
父老乡亲，
对生活充满天真和自信。

我常在转角的背处，
喝着寡水稀饭，
啃几块荞麦饼，
寻思着走出故乡，
去寻找海市蜃楼的奇观。

不是害怕生活的寒酸，
但警惕树缝里射出的冷眼，
最怕消受无以回报的施舍，
幼小的心灵就承受着亏欠。

老伯的一块咸鱼，
咸了我半生的清欢。

---

① 老家人的习惯，把饭端到大树下，边聊边吃。

来！孩子，往宽处坐，
往群里站。
一湾所宿，
一水同饮……

漂泊天涯，
风雨兼程。
尝过江湖的大餐，
列席过京城的盛宴。

历尽沧桑难寻故乡场面，
山珍海味稀缺母乳的甘甜。
眸光流转世间风景名胜，
最耐看的还是——
故乡的晒餐……

拱　桥

太爷爷说，
原本是普普通通的石子，
虽经历沧桑，
却没有成为石器，
也没有和田玉的身份。

爷爷说，
那个筑垒桥基的石头，
是一场大火中失散的。

奶奶说，
那个铺成桥面的石头，
是从冰河里捞回的。

族长说，
是工匠在严冬和酷暑，
用冻土和汗水描摹的。

于是，
古老的塆村，
才能走过水深火热。

驮着快乐和忧伤，
载着风雨记忆。
不愿让人供奉成丰碑，
却甘愿留下牛马的蹄迹。

故乡的拱桥。
像虹一样美丽，
挂着倩影。

乡　味（一）

把家园的春色，
揉成一盘香扑扑的荞麦面条。
系在书包带和牛绳上，
缠绕着简约的乡愁。
凝视着苦荞花，
衬了母亲的身影。

把田园的秋果，
酿成纯天然的果汁。
蘸着汗水和老米酒，
浸泡着夸张的乡味。
回望山凹口，
迷了父亲的背影。

走进冬天，
风雪归人。
所有的哀怨和在陆词里，
如断桥溪流，
续婚约无处。
《天仙配》的楚韵，
缠绵了浪漫的乡音。

遥看仙子经空，
弄了伊人的倩影。

乡味，
在游子心里面。
香味，
在山花烂漫间。

乡　味(二)

燕子，
用菜籽壳裹着的泥浆做窝。
沁人心脾的油香，
悬在屋梁，
浸润了耕夫创业的汗衣。

山村如黛，
烟雨微斜。
河滩上宛如星辰的沙地菜，
被牛蹄踏成花泥。
那诱人的泥花膏香味，
被新娘漂洗，
晾晒着生活的甜蜜。

天涯烟囱，
肆意飘逸的模样，
如见故乡炊烟。
妈妈煮沸了荞麦擀面，
那扑鼻的香味，
熏晕了书画的字迹。

稻草垛里的秘密，
一根根为所欲为的记忆，
在春雨浸透下发酵。
那醇厚的烟草香味，
淡了山色，
浓了梦绪。

千万里的跋涉，
千万次的寻觅。
故乡的味道啊，
诱你……

丰收词牌
——写在带"子"字的词牌

生在《南乡子》，
住在《西楼子》，
朝出溪水《采莲子》。
碧叶人面《采桑子》，
唱着《南歌子》，
合着《渔歌子》。

魂牵梦绕故乡水，
依稀《相思子》，
《选冠子》《选宫子》。
筐里装满《何满子》，
丰收载着夕阳归。

晴川历历《江城子》，
把酒黄昏诗欲醉，
山河举起《金盏子》……

故乡很亲很近

比遥远更远的是边，
同南方更南的是涯。
都和天很近。

把满天繁星，
收入行囊。
将万里波涛，
画成柔情。
都和梦很近。

一匹倦马朝北，
一蓑烟雨向南。
驮着天空的云彩，
牵手故乡的炊烟。
一生追寻、一世亏欠，
都和命运很近。

而今，不再出发了，
岁月留给我夕霞的温润。
城市驿站之窗，
可以和阳光互恋。

还有半卷残诗，
在半个月亮爬上来时，
读着故乡，
很亲,很近……

老房子印象

坐北朝南，
双坡屋面。
一条平直的屋脊，
挑着炊烟和霞光。

前坡披着雨水，
浇灌着水田。
早稻的嫩绿，
晚稻的金黄，
还有沿河点缀的荷花。

浅浅的芦苇荡，
每逢汛期，
都奔来野性的江浪。
河里有船，
岸边有网。

后坡滑落的风沙，
覆盖着旱地。
芝麻花、棉花，
还有零星举着的向日葵，

矮矮的野树岗。

因为怀旧的土,
代代翻耕,
呈现出母体肌肤的沧桑。
根在土里,
梦在树上。

南门紫燕衔春,
北檐蝙蝠筑梦。
新娘的花轿从前门进,
每到清明都朝后山寄望。
南来北往是云的部落,
停不下世间沧桑。

村子就是水陆的临界线,
坡屋折叠着暑热寒凉。
画家在线上渲染着水墨,
诗人在瓦沟里写下诗行。
古建专家要建渔耕小镇,
奶奶坚守着户对和门当。

当快手推开了老屋的门板,
渔和耕入室登堂。
少年用清新的芦叶当笛,
把梦和盼吹响。

母亲的油灯

土墙上钉着木板，
上面那盏点亮的油灯，
灯捻挑得那么大那么亮。
书和远方，
在窗里窗外。

油灯哧哧地燃着，
像是细柔的叮咛。
冬夜，
你总是把我紧紧抱定，
不管世界雪狂风紧。
旧棉被上，
用你的棉袄裹住脚跟，
让冻僵的理想反复苏醒。

夏夜，
透过汗珠的睫毛看油灯迷离，
不知道外面的世界风高浪急。
你用蒲扇启迪着稚嫩的心，
减少周遭袭扰思考的蚊蝇。
你舀出飘着奶香的米汤，

一口口喂养我的诗情。

如今，
我已走出月光窗外。
霓虹闪烁满天繁星，
每天都有生活的精彩和无奈。

一日千里漫游云天，
可怎么走啊，
也走不出油灯的视线。
有了它，
才有光明和春天。

田埂宽宽

比牛背窄，
比牛蹄间距宽。
就一点点，
刚好容得下劳作。
兄弟可以侧身对过，
几许阳光斜照田缝里。
田与田之间，
冒起了烟火气。

胖根草，
挤满了密密麻麻的心思，
——湿了朝露。
掉坎坡野叶茶，
讲述着花絮，
——醉了谷米。
她们都坦然走出田埂。
岁月的寒暑交替，
周而复始的春耕秋收，
水往下流的世间真谛。

而姑娘伢的长发，

随歌、随风、随意。
舞动着禾浪，
飘逸到云间，
远超出田埂的距离。

还有从田埂上步入，
北大未名湖的表哥。
悄悄地、轻轻地，
把诗的诺言寄回故乡，
把彩色的规划摄成影集，
换一片心田的稻浪。

田埂窄窄，
田埂宽宽。
瞧！这故乡的路，
延伸到镇上、城际。
切实让人踌躇，
又深深让人着迷……

城乡之间

刺向夜空，
筒体高层。
不锈钢防盗窗，
寒光微冷。

里外双层安全门，
反锁、略带阴森。
撑在床上，
警惕地听着
下水管和楼道里的声音。

以前，
老家的柴门总开着，
夏天睡在温馨的竹床上。
奶奶的蒲扇扇走了
关于鬼和狼狗的故事。

四周包裹的
是亲切而熟悉的乡音，
连星星和风、
萤火虫和蝉，

都是我们的熟人。

浪花奔流不能离开源，
树木迁移不可断了根。
精彩，是外面世界的诱惑。
无奈，是倦旅漂泊的伤痕。

如今，
老母亲加盟援老乐团，
环城公园的阳光分外明艳，
小区的栋号都在广场排序，
每张面孔都是笑颜。

琴瑟和鸣，
点缀了都市的风景。
吹拉弹唱，
翻晒着浪漫的乡情。

一头是故乡的梦醒时分，
一头是城里的今夜无眠。
缠绵往复，
牵绊着生活的步履。

城乡之间，
血浓于水，
一脉相承。

偶见故居

今天天气好,随便一望,
竟然看见老屋的飞檐。

抓一把心思投过去,
溅起母亲湖的涟漪。

那粉墙是月光的足印,
那黛瓦是族谱的封样。

拐了几道弯的巷道,
易经占卜,
出世入世、离乡回乡。
盘根错节的丝瓜藤,
爬上了贴满剪纸的阴阳。

墙角的石磨,
陈列着古典的风格;
房梁上的燕窝,
散发着新潮的泥香。

告诉我,

在老家能看到新城的窗台吗？
总有些担心天气，
又怕泪水迷离了眼眶。

落　屋

傍晚，
在斑驳的巷道里，
婆婆呼唤着我的乳名。
"东南西北,黑了回呀!"

嘶哑的声音，
从东头传到西头。
蹒跚的步履，
从南边赶到北边。
而我就在家中母床上，
只是高烧四十度，
婆婆是在招我的魂魄落屋。

命,算是被捡回了，
可婆婆却走远了，
很远、很远。
只在一念之间，
祖屋的神龛台上，
多了一方慈祥。

许多年后，

我跪拜后山的坟茔。
培上新土，
植半坡春思，
用秦隶和魏碑，
刻下最吉祥的门牌。

对着极目处呼唤着——
"东南西北，黑了回呀！"

外婆家的炊烟

从长满乡愁的瓦砾里，
翻出外婆家的炊烟。
还原出灿烂的稻草、
奔跑的稻浪。

外婆识得字、躲过荒，
三寸金莲和脸上折叠着慈祥。
屋子里外打扫得敞亮，
纺车摇得呼呼响。

打开新季，
都能得到她的纺品，
身上沾满了阳光。
每个星期天，
喝到的香甜米酒，
能抵御世态炎凉。

田野在漂泊，
白云在彷徨，
阳光敲着村口的望归溪，
时急时缓、时唤时唱。

炊烟飘扬在天上，
把幸福和忧伤，
满世界张扬……

牵 挂

水只要以故乡之名，
就能将诗人的笔墨发胀。
而诗人的笔墨，
又温润了我的眸子。

左眼是一汪浅浅的湖水，
右眼也是一汪浅浅的湖水。
当明月越升越高，
越离越远，
你却越陷越深，
牵不住、挂不上……

渔埠夜宿

渔船和月亮同岸，
老伯架吊锅，
生起了炊火。
天上的星星都投进锅里，
被河水煮得闪烁。

星星乱跳乱窜，
老伯的眼神忽闪忽闪。
仿佛又看见
河里一群鱼儿现身。

一天的筋疲力尽，
每刻的贯注凝神。
但终究架不住眼皮的重负，
炊火烤出了睡意。

在梦里，
唱着江汉渔鼓，
一把一把，
把网收紧。

炊火熄灭了，
早醒的晨光，
在吊锅里，
焦急地寻找着星星。

望月与画圆

小时候，
画了两个圆。
圆圆的山顶，
顶着圆圆的月明。

长大后，
把山画得窄一点，
把月画得偏一点，
云的着色有冷有暖。

冬去春来，
雨雪冰霜。
知道画山要有起伏，
画月要留缺残，
要给生活赋予上弦。

真到了山里，
挽着黄昏走进夜半。
涌泉和流云都入怀了，
近望山月，
竟然与小时候画的同样圆。

面

老板:来碗面!
擀面、拉面、牛肉、三鲜?
管它么面,
只要便宜,
五元封顶!

荞麦收成低、不种了,
杂交麦、产量高点。
价如股票,
几十年不升。
农工们都寄情于工地、车间。
故居如客舍,
细了炊烟,
老了思念。

田地抛荒,
杂草狂生。
野兔多了,
夜色冷清了寒星。

工作队来了,

带来新种子和养殖范本。
推荐了大学生村官，
他们和乡贤讨论共建。
为古老的村庄摄影，
为耕夫和农妇写生……

还请了退休的教书匠，
记录下乡愁。
村里的巷子，
延伸至太阳起处的经线……

故乡的早晨，
老板:来碗面!
摆在露台上，
往神的点。

瓦缝里掉下的诗

老家的房子，
是一本本诗书。
两坡屋面，
半合半开。

沟瓦和盖瓦，
排成竖向诗行。
沟瓦装的是阳光雨露，
盖瓦紧扣着岁月沧桑。

瓦缝里漏雨，
把希望溅在稿纸上。
泡胀了的墨迹，
显印着季节的苍凉。

风起的时候，
扬尘飘落锅盖上。
米汁接济着母乳，
锅里沸腾的是情感，
炊烟抽出的是意象。

暑热掉下来的修辞，
饰成芭蕉扇的模样。
奶奶唱着宝贝的歌谣，
扇走了民国往事，
扇来了村落的交响。

背，
再也伸不直了。
经脉隆起的双手，
虔诚地抚摸大地，
拾起瓦缝里掉下的阳光。

独轮车

独轮，
和车夫的两条腿合起来，
是一架三角形的车，
人成了部件。

庄稼人，
不能失腿，
不能失手，
扣在肩上的力，
不能失去重心。

时光老人

他悄悄地走来，
偏偏和你巧遇。
有时让你微笑，
有时让你悲伤。

他讲浪漫的故事，
叙述生活的坎坷崎岖。
他给仁者一片月华，
给智者几朵浪花，
给勇者险峰乱云，
未来或过去。

不会在他面前脸红，
因为阳光与青春同驻。
不会在他面前叹息，
靠跋涉攀登赢得幸福。

我们在时间里作别时光，
昨天在今天里就成逝去。
他来了，
为你悄悄唱一支难忘的颂歌，
开启明天崭新的序曲。

陵园深处寻碑

不是最高，
不高。
在土地上面，
蒿草里面，
众里寻觅数度。
都是您，
也都不是您。

真的不高了，
正好，
您不习惯高高站立，
最好再矮一点。
矮到和土地平齐，
一辈子只种谷做饭。
忘不了尘世间的作物，
摸得到泥土的记忆。

不要太在意，
花岗石上的字迹，
能管多久？
风雨阳光迟早会将其屏蔽。

油菜花黄了，

地菜花白了，

冲天的烟花色彩迷离。

终究不愿乘鹤仙去，

您说——

要把飞的梦想留给后裔……

树叶飞翔

春天，
叶落，
风有些疾。

夏天，
叶坠，
绿有点挤。

秋天的那一枚落叶，
是诗人摘下来，
安放在心上的思绪。

而我却梦盼着，
从树枝上跳下来，
飞翔在晨光和夕照里。

乡村的飞鸟

是田燕,是布谷,
是雄鹰,是鸿雁。
是展翅飞翔的频率,
是载歌载舞的样式。

在脚手架的枝丫上,
把风声浓缩成鸟啼。
在高高的崖壁上,
化成一片片叶子飞翔。

在临时搭建的工棚里,
衔着城里的月光。
在水泥的森林里,
驮着责任和梦想。

又一季节,
它们飞回南方。
在山林中营居,
在河岸上筑巢。
伴着霜落雪飘,
伴着花飞草长,

迁徙着快乐与忧伤。

城市乡村南方北方，
来回投影老屋的东窗。
即便是雷雨风暴也不躲逃。

它们善于飞翔，
飞起来如闪电一样。
它们眷恋祖居的土地，
有坚定不移的信仰。

把乡愁留在故乡，
把诗寄到远方。

心　泉

阳光领我，
撞到了远方的村庄。
瘦了炊烟、缺了瓦当，
叮咚的心跳，
吵醒了幺婆婆的惆怅。

月光邀我，
烦扰了远山的姑娘。
白了鬓发、迷了眸光，
弦乐的清音，
揉碎了伊人的梦乡。

星光让我，
拍打着岁月的海浪。
秋风萧瑟，白雾霜茫，
涓涓潺潺，
浸湿漂泊的心房。

渔火捎上我，
旅途沾满了世态炎凉。
风动潮涌，

敲着厚厚的城墙。

闭上眼睛，
屏蔽红尘纷扬。
折叠的羞涩，
只在心中，
不寄物上。
让醉了的快乐与忧伤，
肆无忌惮地飞溅、流淌。

守候远方的回流

我的心是空旷的码头，
最是寂寞，
却看不见你的归舟。

你起锚在苍荒的心上，
深深的渴望，
就是深深的守候。

担心你走得太迷茫、太遥远，
我仍然在老地方，
等你停泊。

我等候，
用眼波滴成汩汩的溪水。
每一朵，
都牵动着远方的回流。

残　荷

阳光在柳条下弯曲，
滑向湖面，
留下孤傲的淡香。
繁华落幕，
折斜了稀疏的影。

俯下身，
朝着自己的来处回眸。
水剪不断，
藕丝相连，
牵挂着深深的根。

曾经，
在蛙声中破水而出，
破土而生。
曾经，
在蝉语里亭亭玉立，
舞动长裙。

漫长的雨季，
将油纸伞反撑，

彰显着玉珠和莲花的浪漫。
塘径关不住的初成烦恼，
背山遮不住的美丽青春。

雁起芦絮落，
视线作结于褐色的荷茎。
水波轻柔地收藏着，
一页页发黄的诗笺，
描述着映日荷花的时光，
和诗人别样的梦境。

从容向晚，
奏一曲无弦静音。

禾荷系情

荷叶是用来盛雨露的，
稻穗是用来沾阳光的。
荷稻之间多情的风，
用来衬托蓝天白云。

汗水裹着泥浆的味道，
农舍炊烟缭绕、饭菜飘香。
不知道是荷稻感恩农夫，
还是农夫感谢荷稻？

这样提问，
其实是一种罪过。
收获是一种价值，
我更喜欢，
用心用情用力，
描绘故乡的四季。

芦　花

湖荡上的芦花开了，
白茫茫一片，
像湖水泛起的层层浪花。
不！那是母亲唤我，
守在村口的满头白发。

怀抱千万缕绵绵思念，
不惧旅程骤雨风沙。
当飞翔的叶片折伤了羽翼，
只有倚窗的明月能共天涯。

在露水浸湿衣被的半夜，
我正梦见故乡的芦花，
一束束、一捧捧，
献给守在村口的妈妈。

鸟　巢

从山顶洞到半坡村，
再一路狂飙，
进入粉墙黛瓦里。

继续奔跑，
跑向高层，
再高一点，
或许能触摸到满天繁星。

当夜幕降临，
城市灯火阑珊，
家，宛若在银河仙境。
而你家，
好像从未改变。

那些枝丫，
是春夏秋冬的沉淀，
那些黑色饰面，
是为了更好地迎接光明。

球体的形状，

是男人的大脑。
女人的乳房，
是太阳的模样。
是自信，
有本心，
是千年未改的赤诚。

我们和你们，
都期盼梦圆，
都渴望飞翔。

桑蚕丝绘

雨露沾满丝丝阳光，
用心绘成桑叶模样。
蚕是上帝赐予的宠儿，
飞到了江南，
飞上了阡陌榆桑。

像个精灵，
啄着雨露，
吮着阳光，
直撞桑农柔软的心房。

江南的雨露，
需要有柔衣隔挡。
盛夏的炎热，
也要有羽翼遮阳。

于是，
蚕儿快乐地吐出缕缕阳光，
一圈圈包围自己的梦想。
诗人用情思编织着江南，

封存滚滚红尘，
进入梦乡。

茧壳琳琅静卧在桔梗上，
彼此毫厘却紧闭着心窗。
最是寂寞期，
惨白的景象。

（二）

翻新的风儿，
把商道遥望。
牛铃声声，
把蚕蛹的睡梦摇响。
剥茧抽丝，
去偿还生命的乳浆。

绣娘的心思，
用温柔的手，
抱进色彩斑斓的染房。
一浸料，
就是秦汉故事。
飞针一挑，
便有宋唐霓裳。

绣不清的是少妇心思，
一言难尽的
是山高水长……

芒　种
——乡愁是一首歌

太阳升起在晚上，
醉梦拍打着故乡的稻浪。
种下寻寻觅觅的眸光和余光中的诗行。

还留着谷雨时节的情窦，
把立夏种在站台上。
侧窗闪过小满的蛮腰，
捧着一颗炽热的恋果。
忙了惆怅，
湿了沧桑。

明天，
把我也种在晚上，
最好种在银河旁。
望你，
也让你望。

棋子眼睛星星

一副棋具，
是祖存的唯一信物。
孙子，
是家族未来的希望。

不带他去东山，
摘满天的星星。
孙子怒将棋具打翻，
一地鸡毛飞上天。

当夜幕降临，
白的变成了星星，
黑的变成了眼睛。

描摹人世间的谱系，
捏着一把棋子，
像是捏着寓言。

我依然漂泊，
补不好结满厚茧的棋盒，
兑不回摘星的诺言。

只有仰天皓月，
凝视繁星。

大旱逢喜雨

今年的云，
性格有些倔强。
明明眼泪就在眼眶，
偏偏从夏赖到秋，
从热熬到凉，
扛住了季风的碰撞。

当然，
云并非无情物。
在诗词歌赋里，
更是情感寄托的意象。
一杯九月九的酒，
一枚柿子震落，
终于击垮了天窗。

淅淅沥沥的雨，
满负忏悔。
朝着菊花，
朝着残荷，
朝着市郊的康养中心，
浇湿了一份迟来的爱。

船　板

爷爷从湖滩上拾回的旧船板。
沧桑的样子，
如同摆渡人的残骸。

父亲用它做小溪的桥，
联系村子和田畈。
我们不经意走过去，
采摘五颜六色的希望。

儿子是规划师，
他把小溪绘成彩带。
缠绕着故乡，
上面是虹一样的拱桥。
着色时，
对着灿烂的星空，
将船板烧成了焰火，
像飘扬的红帆。

缝

老祖宗留下的寿山石，
静卧在紫藤花下。
里面有万千的思绪，
藏匿着的是家族的密码。

石缝里进进出出的蚂蚁，
攀爬着永恒的牵挂。

奶奶嫁进门后，
就没有离开针线。
柴门灰墙青瓦，
几株苦楝树，
一兜紫藤花，

陪伴着风雨，
陪伴着冬夏。
晓寒凉月，
悠悠云霞。

缝着长长的裹脚布，
缝着薄薄的棉衫，

缝着天空的阴云，
缝着屋上的漏瓦。

还有苔叶、草花、心思，
缝着循环往复，
圆圆缺缺的月亮。

用雨丝用云霞，
用青藤用白发，
用前世用今生，
缝补着人世间的家。

牛 殇

——人生第一次体验犁田

不知道你是内行，
我是外行。
首度合作，
犁耙折断在地上。

用鞭抽你，
误会你配合不当。
为了面子，
还辱骂你势利，
欺负你善良。

你挣断了纤绳，
额头老茧渗血。
仍原地等候，
重装上场。

满满的忠诚，
努力和担当。
你眼里流着泪水，
那是在为我哭泣。
仿佛说：东家、老爷走了，

你该好好把握耕耘的方向。

我也流泪，
逃离了满是泥泞的现场。
带着心中永恒的疼痛，
多少回梦中醒来，
都是天地间的孺子形象。

几度风雨，
岁月沧桑。
我有条件买得起药了，
却无法医治心中的创伤。
生活上尚能柴米油盐，
灵魂的深处总有欠账。

今生今世，
最对不起的是你。
愿刮骨疗伤，
再放歌草肥水美的牧场。
念你到地老天荒，
出世入世。
下一站，恳请你，
用鞭子狠狠抽打在我心上……

乡愁结果

栽上一株勿忘我，
就有春意生长。
成双成对的淡蓝，
随风飘舞，
那是初嫁的霓裳。

种下一片向日葵，
就有心中的遥望。
点头微笑的神采，
随光而逝，
闪入了旧屋的侧窗。

埋下满湖莲藕，
就有无尽的荷香。
泛起翠绿的纤波，
随浪打来，
浸湿了故乡的船舱。

乡愁，
在漂泊的土地上疯狂生长。
变成梅树、苦楝树。

那酸涩和苦涩的果，
聚结的花期往事，
需要用生命的温度去捂熟，
然后咬入嘴里，
仿佛是母亲甘甜的乳汁。

梦醒立冬时节

忙了一整夜，
翻开手机，
立冬突然唤我。
把脸伸向窗外，
霜叶贴了过来。
皎洁的月光，
诠释无边的沧桑。

一粒故乡的疤痕，
几滴相思的雨水，
拂着鬓白的风，
雕琢人世过往。

没想过素容飘零，
流水匆忙。
但凡心中还有念想，
梦醒立冬时节，
那就站到天亮，
让灵魂再见阳光。

元宵节

数条龙狮，
便活跃了一个澴川。
万村同舞，
便吵醒了冬眠的江南。

旗帘招展，
天空亮开鱼白。
烟火缤纷，
璀璨了早春的孝感。

纸裁喜福，
文昌阁蓝天渐远。
红灯高挂，
凤凰台明月低巡。

咚咚锵的锣鼓，
敲起了涢水的记忆，
采莲船的舞曲，
划出了美好的愿景，
北泾的渔歌，
唱出了渔夫号子满腔的希盼。

灯酒不要多，
多了就怕七仙女瑶池迷途；
灯歌不能少，
少了就让远乡人槐荫失恋。
这不多不少的鼓点，
把百姓的生活，
打理得恰如其分。

挤去寺庙烧香，
依着别人的样子，
祈愿祝福。
在喧闹和笑语中，
翻阅人世间的暖页。

随雨下来，

是《楚辞》里的眼泪。

随云下来，

是汉唐时的繁华。

随天籁之音下来，

是安徒生的童话。

黄昏即景

濮河的黄昏，
安谧而恬静。
薄薄的雾迷失了斜阳，
如淡墨浸染昔日的城隍潭码头。

小巷隐没了，
随之闪射是城际线的车灯。
塘堰消失了，
广场歌舞替代了虫飞蛙鸣。

月柳衔风，
看不清老城的脸庞，
看不见远山的身影。
只有新城疯长的楼宇，
闪烁着万盏明灯。

天空的街灯近了，
河边的文化中心馆像几个鸟筐，
试图收拾款款而来的夜色。

放翁歌罢有梦来

我要退去诗的语言，
降低水位的警戒线。
怕在春天漲水潮来，
泛滥了思绪的堤岸。

我要退去诗的情感，
冷却茶茗的沸点。
怕是夏天三楚骄阳，
烧燃了我的灵魂。

我要退去诗的色彩，
释放五彩斑斓的幻景。
怕是秋天江山红叶，
迷醉了我的双眼。

我要退去诗的想象，
清除江河的污垢和血栓。
怕是冬天的雪域高原，
不能在炽热的血液中纵横驰骋。

我要退去诗的版面，

给未来留白。

让风骚可以随意潜入，

鲜花和阳光徜徉在字里行间。

春江放歌

从大海到雪域，
中间就串着一条江。
所有的日子都放进波涛里，
荡涤苍凉。

从蹉跎的清晨，
走到漂泊的黄昏，
中间就隔着一个白昼。

奋力跨过的峥嵘岁月，
重重叠叠、匆匆忙忙，
只留下满满的、爱的印象。

从你的心到我的心，
中间就只连着那扇窗。
星星、眼睛和梦，
痴情地写在窗纸上，
宛若这灿烂的斜阳。

鸿雁在云际，
迷失了影子。

嘎嘎的歌声里，
明艳了归途的方向，
超越梦想。

站在江头，
苍山似海奔涌，
幻了你的模样，
艳羡了暮色苍茫。

仿佛站在红尘之外，
一挥手，
就能推开隔世之窗。
张开双臂，
就能拥抱明天的旭日。

放歌纵酒山外山，
春江就有了龙腾的模样。

生命 E 小调

少年把时光的烟蒂，
焊接成拐杖。
杵着泥泞去向黄昏，
然后点燃夕阳，
炫耀世间悬念。

大妈用风蚀的纱巾，
结系成愁怨，
牵手往事回到油菜田，
然后对着晨曦，
咏叹浪漫童年。

这一去一回，
月起日落，
便让人间沧桑，
皱成大地沟壑，
心中江河。

华夏的汉水，
生生不息，
无限波澜。

一个宏大的"汉"字，
让炎黄后裔，
看孤帆远影，
重拾期待眼神。

商　别

我照过你照过的阳光，
我闻过你闻过的芳香。
我听过你听过的歌声，
激越、悠扬。

告别商界，
我的影子，
在时光里摇晃，
悠长、悠长。

我的视线，
落在风起的湖塘。
相忘于江湖，
相恋于过往，
不忘那一张张深情而温暖的脸庞。

曾经是，
阳光下红方的一枚闲子。
曾经是，
盛装夏日的素颜伴郎。
曾经是，

商业链中薄弱的一环。

阳光的焊接，
让他坚贞如钢，
心系海洋。

过往的笑声很美，
未来的期许很靓。
别的样子——
阳光、芳香，
歌声悠扬。

诗　行

爷爷在大户的田间，
写下诗行。
面朝黄土，
背负雨雪风霜。

汗水、泪水，
和着田里的水，
凝成墨汁，
将过往的天空，
写成暮色苍茫。

父亲，
在集体的账簿上，
记录诗行。
田垄的红旗，
手中的绿秧。

五更起，半夜睡。
修水利，开野荒。
最是期盼，
丰收了，喜送公粮。

我在自己的日记里，
创意诗行。
文字的自由，
伴着荒草，
野蛮生长。
额头的诗行，
仍然深刻在故乡。

儿子把诗行，
挥写在电脑上。
他说，
面朝黄土还要面向海洋。
将世代耕种的土地，
栽上好苗，站着写诗，
挺起胸膛，面朝阳光……

牌　匾

爷爷搭建了瓦屋，
父亲在瓦屋前栽下椿树。
我们在浓荫下乘凉，
背诵着上善若水，厚德载物，
和顺二字嵌在门檐。

阳光一缕缕地拂过，
生命一点点地消逝。
凡世间云和花的纤维，
揉拌成纸浆，
叠加成古香古色的书框。

新思置入旧窑，
烧制成故乡宅屋。
新款的门号牌匾，
在莲花溪的水脉里，
闪闪发光。

白与黑

妈妈——
你说棉花是太阳晒白的。
那莲藕出污泥，
为什么也是白的？

爸爸——
你说寺庙里的神像本来不黑，
是香火熏黑的。
那庙里的僧人，
为什么不把神像擦干净？

老师——
为什么在越白的地方看黑，
越看越黑？
在越黑的地方看白，
越看越白？

都说：
等你长大就知道了，
当岁月在树枝上开出绚丽的花朵，
我却变得更加痴迷。

石　磙

风动云动，
你不动。
花开花落，
你不变。

听不见歌唱，
听不到呐喊。
你的心思，
连月亮也望不穿。

人真诚了，
石头都能开花结果。
石头真诚了，
亦可转身入俗，
活个快乐的翻滚……

七言笛音

六枚指孔是字，
吹孔是诗韵。
被芦膜覆盖着的，
是古人断句的标点。

把故事放入笛孔里，
浪漫成风雅的颤音。
一孔一字地吐出，
是仄仄平平的经典。

左手指按下的是阳关三叠，
汉水远岸的客舍，
可有归来的伊人？
左手指弹起梅花三弄，
云深迷烟销魂处，
可见到那个浪漫年少的诗粉？

诗人的口气，
在笛音里婉转。
似有江南雨巷，
大漠孤烟。

总想把乡愁塞进竹管，

让七孔音符，

飘逸出七女天仙……

夜太短太亮

抱着辛词入梦，
伊人笑语盈盈。
我怕夜太亮了，
灯火阑珊，
显露了我的背影。
宝马香车传来吼声，
你这寒酸之人，
也敢来争元夕？

捧着柳词喝酒，
晚亭寒蝉醉秋。
我怕夜太短了，
晓风残月，
杨柳岸抛锚了兰舟。

刚构思的诗屋，
竟被骤雨击中瘫痪，
快收拾行囊，
夜尽了，
还不启程？

树　桩

假如是一方基墩，
那上面就是救世的佛。
俯身拜你，
世界没有杀戮，只有禅意。

假如是一方宝砚，
那上面就是穿透春秋的笔。
昂首握你，
抒写春风阳光、诗情画意。

假如是枕上书，
那上面就是岁月的刻度。
仰天枕你，
就枕着均匀呼吸的土地，
还有旋转的梦。

墩　子

墩子，
初始是用来系船的，
也系牛。
后来系住了水的浩瀚，
土的深厚，
系住了姓氏人家。
张家墩、李家墩、杂姓墩，
一串串麻城过籍的乡愁。

掀开天盖，
像那被湖水煮开的思绪。
朝堂的风吹遍原野，
于是就有了庙墩。
夫子的脚步仗量台基，
儒墩、理墩、义墩……
都是先生晒书的台子。
唯独少了土地翻晒的犁行、
渔船划出的水浪。

江汉平原，
一粒粒散落的珍珠，

汇成千古骚客的眼泪，
把我心中的高地醉成动漫。

面水临风，
孤帆远影。
不送孟浩然，
只梦浩然。
脚下的澎湃，
只想让墩子上留得住
故乡米酒沸腾的歌谣。

汨与泪

要感谢战国时期，
留下了《天问》。
山河破碎，
难民狼烟。
狂飙啊，
为何不冲洗满天的乌云？

要感谢那个楚国，
留下了《橘颂》。
绿叶素容，
秉德无私。
阳光啊，
为何不温暖高洁的灵魂？

要感谢那块石头，
留下了忠贞。
不管风吹浪打，
不论岁月变迁。
教会我们深爱脚下的土地，
热爱土地上的人民。

更要感谢的是，
汨罗江的汨字，
跳进黄河洗不清。
当水说话时，
黄河便清了。
从楚到汉，
再到大唐盛世，
五月的龙舟就是最好的见证。

当屈原纵跃汨水，
那汨字便恒久地多了一笔。
江南的梅雨，
滴成故国的眼泪。

云与神

看云头的变幻，
各种不同的形影。
我在里面匆匆寻找，
我心中的神。

万分惊讶、痴迷，
然后拍成视频，
寄给某报刊的主编。

主编淡然地摇摇头，
望着遥远的我，
看着辽阔的天。

"世上本没有神，
只有笑谈一念。
不要轻易去揣测，
高深莫测的云。"
……

诗的逻辑

（一）

妈妈说，
吃鱼能亮眼睛。

长大后，
翻阅了数部哲学名典，
究其原因。

踩着万历年的石桥，
寻找线装古籍中的阳明。
我来到明月河边，
看到鱼吞下众多的星星。

（二）

神秘的夏夜，
奶奶摇着蒲扇。
讲述着一辈子的所见所闻，
所思所愿，
以及三寸金莲上
缠绕着的十八层裹布。

我感觉世界很小，
奶奶的蒲扇很大，
很沉。

（三）

爷爷是石匠，
专凿石磨的那种。
他的师傅，
凿雕石佛。

石磨，
遍布在乡下。
而石佛，
却被供奉在寺庙里。

我们起早贪黑，
用石磨，
磨制贡品。
去祭拜寺庙里昼夜不眠的佛。

（四）

冰融化后，
变成二月春风剪出的淡淡的柳眉。

浣溪人家的燕子，
出栏牛犊的一声"哞"唤，
是江河的咆哮，
是阳光挺进的步履。

是山花烂漫，
是妈妈回娘家的包裹，
是农具修整后刷新的桐漆。

是入学的糖果，
是奶奶微笑时
眼角挤出的泪水……

而教自然课的老师，
否定了答案。

同牛合舞

站在黄昏，
与你同框，
想起以前的故乡农耕时光。
一段情，
在乡河里流淌。

在火红的岁月里，
犁耙水唱。
你的额头浸红了，
我的泪常守着眼眶。

你拉着岁月，
我架着沧桑。
我祈求风调雨顺，
你默念山高水长，
风吹稻浪。

水稻是我们的作品，
勤劳是我们的原创。
同一株稻，
我收获的是谷穗，

你吞咽的是稻草。

换了雨季，
我用刻笔刀割断了缰绳。
走出了田野，
而你却抱定地老天荒，
总期盼山村水美云祥。

再回田间，
已有华发夕阳。
同你的孙儿，
相遇湖边草场。

能跳一曲吗？
脚下跌跌撞撞，
酒盏摇摇晃晃。
云霞也摆动着衣袖，
忘不了那农耕时光。

韵鹤的五牛图
——致诗人、商贤黄灼初

牛教我认识了草，
草知道土地的富有和贫瘠。
在草地边线，
你划了一条河，
河告诉我，
鹤飞来时，
有了诗的韵律。

其实，
你是骑着牛，
志达远方的诗迷。
一个挎包、
一本日记、
一支牧笛，
硬把故乡的云彩，
按到报纸杂志的版面里。

青春的鸟儿衔着浪漫，
风生水起。
只是故乡牛的眸光，
仍旧凄迷。

其实，
你更是眷恋故土的梦痴，
毅然卷起半辈子的稿纸，
荒滩上搭建乡亲们的希冀。

就是不服周啊，
拼要将诗的意象按在地里，
看看山里人的执着骨气。

你从旧作里请回，
观音湖的碧水、磨山的白云。
优化葡萄果园的版面，
构思精巧的建筑插图，
站成风景的村民当作标题。

你魂牵梦绕的，
是送你走出山村的牛，
是与你祖宗八代的世系。
到它，
十六代的相依为命。

于是，
你花费心思，
在迎宾楼后留下一片空地，
种了嫩草、蓄了甜水。

让宫廷的《五牛图》落地，
河边石按下镇园的宝印，
然后剪下来，
载入乡村振兴的大事记。

你漫步在田野，
把思绪投向天际。
卧牛葡萄园，
让百姓的生活酿出甜蜜。

吾牛，
神来之笔。
告诉我，
鹤飞来时，
诗的韵律。

选择歌唱

不是埋怨太阳偏心，
是你站偏了位置。
还不懂跋山涉水，
风雨兼程。
"吾将上下而求索"，
换一个放牧的地方。

你看雄鹰蓝天展翅，
三百六十度的视角，
沐浴春风和阳光。
即便乌云笼罩，
雨骤风狂，
也要搏击飞翔。

也不要叹息出身清贫，
倘若是一粒种子，
历经漂泊流浪，
也不能辜负大地的希望。

高有高的俊美，
矮有矮的模样，

绿有绿的繁茂，
黄有黄的斤两。

即便是一棵小草、一朵浪花，
也要自豪地选择歌唱。

窗　户

生活是一扇窗户，
岁月和情思由此结茧成蝶，
飞向文人的眼睛。

风雨飘过，
云朵滑落在晾衣架上，
布满五颜六色，
斜阳归来。
天空繁星闪烁，
还有望眼欲穿的灯火。

当东方露出霞光，
类似于戴望舒的诗人们，
从月光装饰的梦里醒来。
窗户才会有风骚，
推进拥出。

蚁之恋

静坐温润荫墙，
瞰大地蚂蚁动现。
慢慢爬上脚背，
有几只悄然钻进裤身。
自然世界，
尚有蚁恋。

当天空鸟瞰我们，
向云彩慢慢攀升。
诗和远方，
悄然向岁月投影。
向太空发射意念，
而宇宙却毫不知情。

蚂蚁是真实的，
诗和远方就是真实的。
有你在身旁，
心就在天上。

有点阳光就灿烂，
受点风雨就凄凉。

活在人世间，
缘槐说天阔。

十面埋伏

东、东北，
火红的太阳，
一上阵，
就肆掠了所有的汗水。

南、东南，
炎炎的烈日，
毫不犹豫，
向原野发起了光的扫射。

西、西南，
镀金的残云，
像烙铁，
烫出滚滚禾浪。

北、西北，
大漠的烧烟，
如奔马，
呼啸而来。

这个夏天，

天放烈光，
地冒热气。

狂涛与狂涛叠加，
惊雷与惊雷撞击，
来一场酣畅淋漓的十面埋伏。

一杯酒

唐诗里有一杯酒，
对着阳关晃了三晃。
渭城的城墙破了个窟窿，
流出了客舍、烟尘和忧伤。

宋词中有一樽酒，
顺着赤壁的悬崖倒下去。
惊讶了大江，
故国风流、小乔周郎，
人生如梦的绝唱。

谁主沉浮一瓢酒，
倒在黄鹤楼，
定格成人民原点的坐标。
茫茫长江是横轴，
沉沉一线是纵轴。
人间伏虎的风云曲线，
情系苍生的心潮逐浪。

而人世间的水，
一滴滴水、一滴滴汗，

抑或是一滴滴眼泪。

也要趁着光亮，
在当季的荷叶上，
闪烁出斑斓的色彩。
在长河的水花中，
寻找激动人心的跳荡。

开　门

钥匙漂泊在外，
经受着岁月的洗涤。
锉磨着匙齿，
锁有些慌张。

焦急地等待，
门楣滴下的雨。
锈蚀了锁眼，
月光试探着进来，
心扉打不开。

天涯归来，
门楣的雨已凝聚成冰。
寂寞惆怅的木板，
已旧成秋叶黄昏。

生活落下的泪，
润湿了锁芯。
钥匙滑落，
深深地吻在故乡的石板上。

昨夜惊雷

就一个动作——颤抖；
以一种姿态——摇晃。
蛙声停息了，
你说:"世界无须聒噪。"
蝉鸣还未鸣，
你说:"物种不要吵闹。"
没有声音的声音，
才是惊天的炸响。

没有光芒的闪合，
更能把黑夜照亮。
手持利器的乌云，
连星星也在躲避，
不要掩耳盗铃。
我的灵魂源于信仰，
你可以明目张胆地拿走。
不用击穿世界，
世界本就在"穿越"。

从暴风骤雨中醒来，
昨夜满天惊雷，
荡涤过的山河显示着蔚蓝……

浅　浅

从小就盼着当个诗人，
拼命把文字变成铅印。
在诗词的群山里学步，
在风骚的河流中练泳。

多少回梦里求问仙圣，
多少次报刊退回稿件。
所有诗人我都视作朋友，
见到佳作就同看见生命。

我嚼咽着生活的五味杂陈，
咬到诗意，
就如同海味山珍。

昨天突然咬到一股怪味，
深夜里被浅浅惊醒。

难道我毕生追求的，
竟是穿着皇帝的新衣，
去见魔发遮体的恋人？

浅浅不浅，
黄河不清。
一条线牵出的风雨，
一个坑装满的雷霆。

莫言水深，
再深的洼也能填平。

无　题

待煮之鳖，
突然不见踪影。
寻遍满屋，
竟倒立窗沿。
似有玄机、动了恻隐；
错过刑期、放生自然。
心中便多了几分忐忑，
终身有了牵绊。

上下班，
总要凝视放生的河面。
常打探水质污染源，
因故和钓翁成为好友。
时而梦中被电网惊醒。

人生一瞬、生死之间；
几杯茗茶、几根弦音。
释放而未释怀，
不见又梦见，
缘起缘灭，
一念、一叹………

握在我们手里

当牛绳从指缝溜走，
铅笔就握在我们手里。
当禾浪从指缝滑落，
诗意就握在我们手里。
当故乡从指缝漏走，
乡愁就紧紧地握在我们手里。

用笔描摹月亮弯弯，
用诗抒发山高水远，
用乡愁孵化复兴的梦想，
命运就握在我们手里。

愤　怒

屈原的愤怒,聚身为剑。
射入汨水,卷起千里狂涛。

杜甫的愤怒,叟身为魂。
挥秋溅泪,伤恨国破山河。

文山的愤怒,以身报国。
铁血丹心,浩然正气贯长虹。

鲁迅的愤怒,献身人民。
怒向刀丛,敢有歌声恸天地。

所有的愤怒集合起来,奔赴国难。
所有的愤怒集合起来,融化冰海。
所有的愤怒集合在一起,就是厚重的诗书。

"愤怒出诗人"……

生命的弹道

将晨光射向黄昏，
天空划出一条亮丽的弹道。
冲出黎明前的黑暗，
站在最高处燃烧。
然而滑翔至生命的落点，
残阳如血，
黄叶白霜。

回眸一笑，
念白云悠悠。
山高水长，
还有那些飞翔的朋友。
南来北往，
东奔西忙，
尤其是亲手抚摸的叶，
擦身而过的花。
试图泄漏光阴的故事，
捂热灵魂的苍凉。

墓碑，
不再是崖岩所赐。

而是岁月的花叶堆砌的温柔。
风起时，
可再现夕阳下的倩影，
可阅读碑上的墓志铭。

回归自然

以往的日子，
无论多久，
都会随风而去。

我的头发将还给：
春风的诗笺、
夏日的激情、
秋日之银霜、
冬日之飞雪。

我的脚印将还给：
鹰的翅膀、
起伏的山峦、
江河的波涛、
丛林之竹杖、
人间之炊烟。

我的眼光将还给：
远方之星辰、
低近之萤火，
镌刻成波光里的收藏。

还有一颗未曾晾晒的心，
将融化在日月里，
周而复始、轮转往复。

我的躯壳，
将还原为一缕青烟。
唯独残存的
是像舍利子一样的东西。

沉甸甸地，
也没有勇气留下，
还是还给土地。
如同——
风、霜雪、花叶、鹰的翅膀和爱的诗笺。

黄昏旧居

夕阳被远黛撕残，
旧居若即若离。
那些芦草，
摇曳着往事的样子。
以及那湖，
曾经被阳光照耀过的笑语和诱惑，
黯淡成无言的结局。

时光，
穿过蜿蜒的廊。
院子里的野草高过窗台，
奶奶说的童话已匿于门内。
而门紧紧拴着，
等待雨打梨花。

两只旧蝴蝶

百无聊赖，
在老屋的物柜里，
整理出一些情绪，
字和画，烟壶还有油封。
虽是些旧物件，
仍然惊讶到我。

当我拉开另一扇柜门，
一对古蝶飞了出来。
雌的来自半坡遗址，
雄的来自大汶口。
都是仿品，
仍在我老花眼前翩翩起舞，
指引我走向真真切切的夕阳。

空　话

来不及看到消失了的星星，
变成了等不及遥望的星星。
来不及讲要讲的话，
变成了等不及要宣泄的话。

闪光的星星埋进云里，
蕴藏着黎明的消息。
把等不及讲的话咽在肚里，
化作沉默是金。

在星星面前，
语言长不出飞翔的翅膀。
在语言面前，
浮云有时竟忘却了蓝天。

等不及的话微不足道，
最好在被人遗忘的角落，
用泉水冲洗干净。

其实，
呼不呼唤，

黎明终会到来。

只有奋力攀登，

才不负你想看见的星辰。

剪　丝

小伙移动剪刀的腕臂，
刻有苍劲的文身，
对比我满脸沧桑的皱纹。

剪下的发丝，
植入文身里。
蝴蝶飞来，
小虫呢喃，
剪刀裁出梦幻般的春天，

裁在我的脸上，
沟壑间凝结成冰，
纵然是青青河边草，
也被岁月封存，
成为四月的诗笺。

浮　萍

平揣在水里，
细腻的心思。
冒着浓淡相宜的雾气，
漫过堤岸。
上面是草木参差，
错层的坡屋，
起伏的山峦。

笼统人世间，
不伸手，
便可触摸尘埃。

再往上点，
太阳擦亮的云彩。
似神仙的旧客，
上面的上面，
是期期盼盼的寻寻觅觅。

随雨下来，
是《楚辞》里的眼泪。
随云下来，

是汉唐时的繁华。
随天籁之音下来，
是安徒生的童话。
躁动不安的心情，
是荡漾在水面的涟漪。
忽略了激流、鱼，
以及泥土。

回到水里，
隐约可见《诗经》的古本。
岁月，
把涂彩的季节标识，
随风、随缘、随意。

当寒冷的信使认出你来，
且把你塑成凝固的冰花，
那是生活的蜡染，
一种比版画更早的艺术。

那一抹橙黄

从镜框里取下一片时光，
用河边青草流来的玉露，
搓洗着泛黄的脸庞。

那一抹橙黄，
把变换的季节夸张。

隐约在花海的背后，
有幸给春天伴唱。
绚丽夺目的光鲜时刻，
我本边叶，在水一方。

在天地间和小草站在一起，
站成族群的形象。
和泥土黏在一起，
黏成尘埃的模样。
当上帝认出我时，
已是残章。

那一抹橙黄，
是画师不小心误涂的沧桑。

让残阳少一些血色，
让乌云多一点明亮，
日暮苍山声声唱。

把灵魂安放在诗里

用笔的流彩描绘血阳，
用键盘敲下片片枫韵。
站在西斜处，
收拾好一寸光阴，
我用文字挖掘着坟坑。

丢掉身边的碎银烂铜，
把云看得很轻，
浪看得很平。
眼里泪水还有心里的旧念，
扩散出来的几声鸟鸣。

在夜深人静的时候，
把意象挂在月亮之边。
烧上三柱檀香，
向古典的唐宋合揖。

叩拜风雅颂，
然后，掀开一锹锹的古韵诗行，
找个隐秘美丽的地方，
安放灵魂。

棋艺私语

（一）士

不能让子弹再飞，
你必须挺身而出。
一辈子就一个动作——
侧身转体45度。
从来不动摇的信念——
忠诚担当。
倘若生命能再选择，
你依然心在红方……

（二）握手言和

出车千里云和月，
飞马跨纵万重山。
楚河汉界兵沉沉，
将士们，
血染征衣泪沾襟。
怎忍心？
苍山双炮于绝境。
真不想，
"西出阳关无故人。"

系马朝头，
回望来路烟尘尘。
高山战、蹩脚马，
巡河车、压相眼。
兵卒相残，
士相难两全。

人类命运大棋盘，
求真务实、谋和共生。
让人民坐居中心，
立昆仑。
远眺世界美景，
握手言和。
太阳起处是边线……

前川双凤亭

绕过程门，
直奔前川。
为摘折花柳，
学古人偷闲。

圣贤书读得太累。
沉重的过客，
数不完的繁星，
一辈子刻意穷理，
到头来才《春日偶成》。

黄昏近，
野花明。
灵魂里需要引经据典，
生活中更要云淡风轻，
学少年情趣。

等待白雪

等待三月里的梨花，
润湿了纯情的小雨。
等待秋夜的浅霜，
衬托了明月的相思。
等待浅滩的海潮，
重复着往日的时光。

等待眼泪凝结成冰，
冬梅的骨朵绽放。
多少个花开花落的轮回，
不再伴随心情。
多少个日落日升，
无意涉及光明和黑暗。

把希望和失望折成额纹，
等待飞絮装裱成安然无恙。
明知泪水冻成草莓，
流不到河流，
却依然要给爱留白，
且迫不及待……

回首流年

手捋花须，
牵手二月的杨柳。
春风还在踌躇，
却惊讶了第一枝新芽。
犹如一梦里，
青春时光就这么溜走。
枝丫变短，
寿眉增长。

手摸额沟，
跳入六月的河流。
夏日穿梭在云中，
我却变成了河中之苍鲇。
如同一醉间，
峥嵘岁月就这么流逝。
河床变窄，
影子拉长。

转眼就是秋天，
暑热还赖着不走。
冬冷又强行登陆，

又是天高云稀，
又是秋雨绵绵，
还有文人骚客，
也兴风作浪戏说乡愁。
烛柱变矮，
视线变粗。

雪皑皑，
夜迷途，
呼吸之间看梅瘦。
手捋花须，
手摸额沟，
天若有情天亦愁。

倦鸟逐逝波，
笑看大江流。
人生在醉梦里远去，
世界在曙光里苏醒，
再回首。

大堰日落

不是堰塞湖，
是河水在连湖处。
一拐一淤，
便有了大堰。
妈妈用堰里的水，
煮堰里的藕和鱼。

扯一片白云游过去，
在水波里，
水的浮力和地的引力对抗。
波涛之上，
我们复述着童话。

一片荷莲托举着落日，
一片苇叶又关闭了黄昏。
此刻，远岸沉下去了。
云朵不见了踪影，
唯一让我明亮的，
只有身边的大堰。

种子与枯叶

当季节的风雨来临，
枯叶坚守在树上。
为种子，
四处遮挡。

种子仍旧落了，
落成了冬天的流浪儿，
春天的希望。

而枯叶，
追随霜降。
管它是红的，
——红得发紫。
是黄的，
——黄得透亮。
聚力飞向泥土，
催生大地的新绿，
护卫着不息的信仰。

圈　子

生活围着时钟打转，
岁月就在某个圈子运行。
身躯在河边画了一个堤，
又画了一个汊，
圈子在扩容。

雏燕被泥巢围着，
鱼圈养在池塘里。
庄稼地被垄埂切成片，
消受着栽培与恩养。
所有的情绪都被风裹挟着，
世间万物都逃脱不了宇宙的圈子。

当你成熟了，
圈子便开放了。
自己形成的圈子，
像雄鹰一样冲出来。
将生命奉献世界，
愿灵魂可以自由……

后　记

　　大别山余脉延伸至江汉平原的缓冲地带,低丘缓坡、河汉纵横。人们日出而作、日落而息、周而复始。我的先祖是"二程"夫子后裔的一支,背负理学的行囊,施理论道、上下求索,来到了澴水之滨的莲花地,而这里就是我的故乡。

　　岁月在此交织着生活沧桑,网和犁剪切成渔耕文化。浸泡在这片多情的水土,感受着风霜雨雪,辨析着前人的求学问道之路,我心生《澴河之恋》《湖中的浪花》《坐看槐荫河》,在董永磨坊吃《面窝和米酒》,吟唱《涢水谣》,在理丝河寻找《七仙女》的身影;《偶见故居》,那《拱桥》边《古老的巷子》弥漫着《外婆家的炊烟》,拾起《瓦缝里掉下的诗》,凝视《幺婆婆的栀子花》,摇着《奶奶的蒲扇》,梦吻《父亲的脸庞》……这就是我的人生亲历。

　　诗集付梓之际,我却迟迟不愿合页。我被故乡的灿烂文化深深吸引,我被这块土地上的人们深深感动。当书页合上,呈现在生命里的坐标曲线云舒霞飞,而伴随生活中的呼吸律动,隽扬古老的音符和崭新的旋律,寂静的湖水被阳光照耀成闪烁的涟漪,没有造型的土疙瘩被岁月塑成诗的风景。常常不是痴了,就是醉人。

　　今年正值故乡建市三十周年,古老的土地焕发出时代的青春气息,作为一名归来的游子,激情澎湃,面对春江逝水,怎能不击浪放歌?"士农工商半张证,行至穷阳一首歌。"十七岁以前,生活在农村。十七岁入伍,退伍后拿到了函授大学文凭,自嘲"半张证"。漂泊奔波的游牧时光,让我更多地感受到了社会之温暖、世界之博大。吾诗即故乡,诗里的故乡即是远方,千遍万遍地追寻她,就像追逐自己的影子。当我停下来,原来故乡却就在身边。那么远又那么近,那么重又那么沉……

于是,我谨慎地发出人性的叩问,寻找诗意中的哲学导向,如《牛殇》《鸟巢》《石磙》《两只旧蝴蝶》《握在我们手里》等,在这方面都做了一些艰难的尝试。诗歌写作经历跨越四十余年,作品集中在 2021、2022 年。虽然多为新作,但反映的是岁月积淀的情怀,展示的是人生格局和生命境界,寄托的是无限的遐想和美好的未来。

感谢湖北人民出版社编辑的大力支持和辛勤付出。感谢孝感市作家协会主席方东明先生的倡导和鼓励,感谢首届孝感文化名家管淳先生审读作序,感谢章凌霄先生为诗集题跋赋评,感谢著名画家潘直亮先生、程惠钊女士为本书内页设计插图,感谢江南先生对初稿的整理编辑,感谢长期关注和支持我的社会各界朋友。另外,特别感谢《十五的月亮》的词作者王石祥老师,他是第一个帮我审编拙作的著名军旅诗人,也是第一次推荐我在报纸上发表作品的导师。祝福王老健康快乐!

最后,深深跪拜故乡的父老乡亲,是你们的淳朴与善良充盈了我的意象,是你们的喜乐与忧伤点燃了我的激情,是大美的故乡山水,让天空云彩纷飞,人间百花盛开。

恨笔者才疏学浅,悟拙思钝,把诗集推入书柜时,难免将遗憾也装了进去。在此,真诚地向读者致歉,愿纳肺腑之言!

2023 年 4 月